L'ŒIL DU DRAGON

L'auteur

Mark Robson naît en 1966 à Wanstead, dans l'Essex. Il passe vingt ans de sa vie dans la Royal Air Force, en tant que pilote puis instructeur. Il écrit son premier roman en 1995, alors qu'il est consigné au sol à cause des intempéries. Mark Robson quitte la Royal Air Force en décembre 2005 pour se consacrer à l'écriture. Trois séries ont déjà été publiées et ont connu un grand succès.

Du même auteur :

La série *L'Œil du dragon* :

1. *Vulcain*
2. *Souffle d'Ombre*
3. *Dent de sabre*
4. *Aurore*

Vous aimez les livres de la série

L'ŒIL DU DRAGON

Écrivez-nous
pour nous faire partager votre enthousiasme :
Pocket Jeunesse, 12 avenue d'Italie, 75013 Paris.

Mark Robson

L'ŒIL DU DRAGON

VULCAIN

Traduit de l'anglais par Fabienne Berganz

LIVRE I

POCKET JEUNESSE
PKJ·

Directeur de collection :
Xavier d'Almeida

À la mémoire du capitaine Albert Ball, dont les exploits ont inspiré le personnage de Jack Miller et lui ont valu d'être décoré de la Victoria Cross. Et à vous, courageux « chevaliers du ciel » de la Première Guerre mondiale. Vous avez combattu avec honneur, quel que soit votre camp.

Titre original :
Dragon Orb
1. Firestorm

Publié pour la première fois en 2008 par Simon and Schuster UK Ltd, Londres

Loi n° 49 956 du 16 juillet 1949 sur les publications destinées à la jeunesse : août 2009.

ISBN : 978-2-266-19148-7

RIQUAMÉE DU NORD
N
Océan Ficipien
Grand Océan Occidental
RIQUAMÉE DU SUD
Dragon du jour
Océan Fiquarien
Dragon de l'aube
Le Monde de Treer
Un bon bout de chemin
Échelle
CONTINENT

Toundra
Septentrionale
Orupée
Mer
du Nord
Désert de Neige
Iséa
L'Oracle
Dragon de la nuit
Mer
Scapienne
Équateur
Fiquare
Grand Océan
Oriental
Vallée
de Nehlée
Ratalusie
Océan
Ratalusien
Dragon du
crépuscule
Détroit du Sud
de Glace

Chapitre un

Le Doigt du diable

Enfin, la lisière du bois ! Élias s'arrêta un instant et jeta un regard derrière lui. Ses poursuivants n'avaient pas abandonné la partie ! La sueur ruisselait sur son front, dans son cou, dans son dos... Le souffle lui manquait. Pourtant, le garçon était encore lucide. Pour leur échapper, plus qu'une solution : se réfugier au Doigt du diable. Borkas et Farrel n'oseraient pas le suivre. Comme tout le monde, les deux garçons redoutaient cet endroit interdit. Puis Élias évoqua une possibilité qui le glaça jusqu'à la moelle : et si ses poursuivants bravaient le danger ? Dans ce cas, il avait du souci à se faire.

Aucun garçon du village n'était de taille à lutter contre Borkas et Farrel. Élias s'était enfui dès qu'il les avait vus arriver. Pourquoi s'en étaient-ils pris à lui ? Mystère. Peu importait. Il n'allait pas le leur demander. C'étaient de vraies brutes.

Pour Élias, le Doigt du diable n'était pas un terrain inconnu. Sa première exploration, motivée par la curiosité et la soif d'aventures, remontait à plus d'un an. Il avait ensuite multiplié les expéditions, sans pour autant se sentir stupide ou courageux. Là-bas, il avait l'impression d'être à sa place, comme attiré par une force irrésistible. Au village, on racontait sur le Doigt des histoires censées dissuader les jeunes audacieux. C'était, disait-on, un lieu sinistre où rôdait la mort.

Élias avait tout de suite compris qu'il s'agissait d'un coin dangereux, où il fallait être prudent et malin... comme partout ailleurs le long du Grand Abrupt. Les à-pics vertigineux abondaient dans la région. Ils plongeaient sur plus de mille mètres de dénivelé et disparaissaient dans la végétation luxuriante de la vallée de Nehlée. Cependant, le Doigt du diable semblait défier les lois de la nature. C'était un immense index rocheux pointé à l'horizontale vers le levant. Il saillait du bord d'une falaise escarpée, de l'autre côté d'un bois inextricable.

Durant la semaine qui avait suivi sa première expédition, Élias avait ressenti un picotement bizarre dans la nuque. L'endroit hantait ses rêves et ses pensées. Le garçon éprouvait un réel besoin d'y retourner. Puis il avait abordé le problème dans l'autre sens : et si c'était le Doigt qui le réclamait ?

Trêve de réflexions. Les silhouettes solidement charpentées de Borkas et de Farrel se rapprochaient à vive allure. De toute façon, il était trop tard pour reculer. C'était soit le Doigt du diable, soit une bonne raclée.

Élias fit volte-face et pénétra dans les bois. On distinguait à peine le sentier dans les fourrés qui bordaient le Grand Abrupt. Ses bottes se prirent dans un enchevêtrement de ronces ; les arbres agrippèrent sa tunique et ses cheveux de leurs doigts noueux. Galvanisé par la peur, Élias ignora la douleur. Lorsqu'il s'arracha à l'étreinte de la végétation, il était épuisé, zébré d'égratignures et rempli de doutes.

Le garçon fit quelques pas sur l'affleurement rocheux. Il avait l'impression que s'il tendait le bras, il parviendrait à toucher un nuage. Il prit une profonde inspiration et admira la vue. D'ordinaire, seuls les oiseaux pouvaient en bénéficier. Ainsi en avait décidé le Créateur. Une fois de plus, le sentiment de respect mêlé de crainte qu'il avait éprouvé lors de ses précédentes visites l'envahit. Élias s'en enveloppa comme d'un somptueux manteau de soie.

Le garçon n'avait jamais eu peur du vide. Mais ici, il comprenait ce que signifiait le mot « vertige ». Il avança jusqu'à un rétrécissement, où le doigt de roche ne mesurait qu'environ deux mètres de large. Inutile d'aller jusqu'au bord. Élias n'était pas stupide. Une langue de roc aussi étroite devait sans doute être très friable.

À sa place, beaucoup seraient restés pétrifiés. Certains seraient tombés à quatre pattes et auraient regagné les bois à reculons. D'autres se seraient allongés, auraient fermé les yeux et appelé à l'aide. La peur des sommets engendrait parfois de bien curieuses réactions.

Soudain, il y eut un grand souffle, juste derrière lui. Pour ne pas être déséquilibré, Élias mit un genou à terre. La rafale mourut peu à peu. Le garçon se releva lentement et se figea, conscient d'une présence dans son dos. Il n'était plus seul. La sueur perla à son front. Qu'allait-il advenir s'il se battait contre Borkas et Farrel à quelques pas du vide ?

— *Bonjour. C'est moi que tu cherches ?*

C'était une voix de femme, mélodieuse et inconnue, quoique étrangement familière. Sûrement pas celle de ses poursuivants, ni celle d'une villageoise ; nul ne s'exprimait avec une telle majesté, là-bas. Or, en dehors du village, Élias ne connaissait personne

— *Je constate que tu n'as pas peur du vide. Parfait. L'Oracle nous appelle. Il est temps de partir.*

À qui appartenait cette voix énigmatique ? Prenant garde où il posait les pieds, Élias se retourna au ralenti. Il leva la tête et arrondit les lèvres, muet de stupeur.

À la base du Doigt du diable, il y avait un dragon. Gigantesque. Magnifique. Avec des écailles dorées qui scintillaient, des cornes brillantes et des ailes à demi repliées. Une crête hérissée de piquants courait le long de son dos et se terminait en une longue queue. Ses griffes immenses luisaient comme des miroirs. Élias riva son regard aux yeux hypnotiques de la créature, vastes fenêtres ambrées qui s'ouvraient sur un abîme d'une profondeur incommensurable. L'espace d'un instant, le garçon perdit contact avec la réalité. Il cessa de respirer.

Au bout d'un moment, l'air lui manqua. Il inspira une grande bouffée. Une odeur sèche et musquée lui assaillit les narines. Elle lui évoquait des champs en plein été, avec un soupçon de... quelque chose d'exotique et de terriblement alléchant.

Avec un effort manifeste, il détourna le regard. Et aperçut deux rangées de longues dents pointues.

L'affolement le gagna. Ce dragon n'avait pas de cavalier ; il était donc dangereux. Avec frénésie, Élias regarda à gauche, à droite. « Vite, un miracle ! pria-t-il en silence. Qu'une route apparaisse pour que je puisse m'échapper ! » Bien sûr, son vœu ne fut pas exaucé. Le garçon était pris au piège.

Le dragon fit un pas en avant.

D'instinct, Élias en fit deux en arrière. Il leva les mains, paumes ouvertes, comme pour repousser la créature.

— Ne t'approche pas de moi ! lâcha-t-il d'une voix blanche.

— *Viens. Cela fait longtemps que j'attends cet instant. Tu es sur le point d'accomplir ton destin.*

Tout à coup, Élias se rendit compte que le dragon femelle communiquait avec lui par télépathie. Il entendait sa voix dans son esprit. Pourtant, ce qu'elle lui disait n'avait aucun sens. Son destin ? De quel destin parlait-elle ? Était-ce une ruse que les dragons employaient pour piéger leurs proies ? Au village, le professeur avait déclaré que les dragons possédaient des « pouvoirs spéciaux ». Était-ce à cela qu'il faisait allusion ?

Sans réfléchir, le garçon recula encore. Un morceau de roche se détacha. Pris de panique, il se tordit la cheville, perdit l'équilibre et battit des bras. En vain. Son centre de gravité se situait déjà au-dessus du vide. Quand il bascula dans le gouffre, ce fut comme au ralenti. Comme si c'était quelqu'un d'autre qui tombait. Et brusquement, alors qu'il avait atteint le point de non-retour, un cri le ramena à la réalité. L'effroi s'empara de lui.

— *Imbécile !* s'exclama le dragon dans un coin de sa tête.

Élias allait hurler, non pas à cause de la chute qu'il entamait mais parce que le dragon femelle fondait sur lui, la gueule grande ouverte. Elle le manqua d'un cheveu. Élias fit une première culbute dans le vide. Et là, il comprit que la créature n'allait pas renoncer. Elle avait plongé du haut de la falaise et piquait à sa suite.

Le garçon poussa un hurlement. Néanmoins, il se sentait étrangement calme. Il avait déjà accepté la mort. Seule une question le tourmentait : sa chute avait-elle abrégé, ou rallongé sa vie ? Pendant combien de temps aurait-il pu faire la conversation au dragon avant que l'animal ne décide de le croquer ? Élias savait exactement combien de temps il lui restait à vivre : quand il venait au Doigt, il jetait une pierre dans le vide et attendait qu'elle touche le fond. Chaque fois, il comptait lentement jusqu'à vingt et un. Un... Deux... Trois... À neuf, Élias, à bout de souffle, cessa de crier. Il continua de tomber vers le fond de la vallée.

L'air soulevait ses vêtements et rugissait à ses oreilles. Il avait l'impression qu'on lui arrachait les cheveux – ses beaux cheveux blonds, d'ordinaire si propres et si bien coiffés, à la demande expresse de sa mère. Puis sa vision se brouilla. Fouetté par le vent, il dut plisser les yeux. Élias aurait préféré pleurer, mais il avait les yeux secs. Et pour couronner le tout, il prenait de plus en plus de vitesse.

Il se tourna face vers la terre. Ses joues se mirent à gonfler et à claquer de façon grotesque. Il pensa à fermer la bouche et à crisper les muscles de son visage, mais il préféra se détendre. C'était une sensation nouvelle pour lui. Nouvelle, et complètement démente. Alors une question lui traversa l'esprit : aurait-il le temps de souffrir avant de mourir ? Bien sûr que non. Sa vie prendrait fin à l'instant où il s'écraserait au sol. Élias fit une autre culbute. Cette fois, il crut que ses paupières se déchiraient. La pression exercée sur ses tympans se faisait douloureuse. De temps à autre, malgré sa vision trouble, il entrevoyait le dragon. La créature le rattrapait. Comment allait-il finir ?

Fracassé sur les rochers, ou broyé entre les crocs du monstre ?

— *Je t'ai eu !*

À nouveau, cette voix de femme qui résonne dans sa tête. Les dés étaient jetés. Lui, Élias, fils de Raim, allait terminer son existence dans l'estomac d'un dragon. Cela dit, combien de villageois pourraient se vanter de connaître une mort aussi spectaculaire ?

Soudain, deux serres l'emprisonnèrent et un poids énorme lui comprima la cage thoracique. Puis il ressentit une vive torsion. Il crut que son corps allait éclater. À nouveau, la peur le gagna. Le dragon déploya ses ailes, qui claquèrent comme un poing sur un sac de frappe. Sous le choc, la tête du garçon partit en arrière et il vit trente-six chandelles.

La créature s'éleva dans les airs, fit un vol plané et, enfin, relâcha la pression. Soulagé, Élias sentit de nouveau le sang affluer dans ses jambes, son ventre et sa poitrine. À présent, il était allongé entre les griffes du dragon. Il avait l'impression d'être sur un matelas un peu bancal. Surpris, il constata que la créature le tenait presque tendrement.

Il avala sa salive. Ses tympans se débouchèrent dans un claquement douloureux. Élias grimaça. Puis, d'un coup, il se remit à entendre. Le souffle incessant diminua d'intensité et sa vision s'éclaircit. À plat ventre, il glissait sans bruit dans les airs, vers le faîte des arbres de la vallée de Nehlée. Jamais il n'avait éprouvé pareil sentiment d'euphorie. Il eut envie de laisser exploser sa joie, puis il se ravisa. Il n'y avait pas de quoi rire. Il allait bientôt mourir.

Dans sa tête, le dragon ricana.

De mieux en mieux ! Voilà que la créature se réjouissait ouvertement, à présent ! Dévorer un garçon n'était-il pas assez cruel ?

Devant eux, une clairière apparut.

— *Prépare-toi à l'atterrissage.*

Ils descendirent en piqué vers la clairière. Les hautes herbes chatouillèrent le visage d'Élias. Et, sans crier gare, le dragon fit pivoter ses ailes, s'arrêta, flotta à quelques centimètres du sol et lâcha son fardeau. Le garçon tomba dans l'herbe souple, roula deux fois sur lui-même et s'immobilisa sur le dos, les yeux rivés au ciel.

Il demeura ainsi pendant plusieurs battements de cœur, le corps tendu. Les mâchoires béantes du dragon allaient se refermer sur lui. Élias attendit. Attendit encore. Comme rien ne se passait, il se redressa sur les coudes et risqua un regard. Le dragon était lové à quelques pas de lui, sa tête oblongue braquée dans sa direction. Ses yeux immenses et incroyables épiaient chacun de ses mouvements.

Alors, Élias céda à la colère.

— Mais que veux-tu, à la fin ? s'écria-t-il en se relevant. Jouer au chat et à la souris ? Mange-moi tout de suite, qu'on en finisse !

L'énorme tête se souleva légèrement. Les gros yeux se posèrent sur lui. Élias eut la singulière impression que le dragon l'observait d'un air désapprobateur.

— *Je n'ai pas envie de jouer, ni de te courir après,* répondit la créature dans l'esprit du garçon. *C'est ma faute, Élias. J'aurais dû me présenter. Je m'appelle Aurore. Et je suis ton dragon.*

Chapitre deux

Les cavaliers-dragons

— Qu'y a-t-il, Nolita ? demanda Martre. On croirait que tu t'attends à voir surgir un fantôme à chaque détour du chemin.

Nolita, les nerfs à vif, ne cessait de jeter des coups d'œil furtifs à gauche et à droite.

— Je... je ne sais pas, répondit-elle. J'ai l'impression qu'on m'observe. C'est... très désagréable.

Martre regarda autour d'elle. De part et d'autre du sentier, les arbres, bien espacés, offraient une vue dégagée. Rien ne bougeait. L'imagination de sa petite sœur lui jouait des tours. Avec un sourire réconfortant, elle lui prit la main et plongea son regard dans ses yeux bleus.

— Ne t'inquiète pas, chuchota-t-elle. Ce doit être Balard. Il adore embêter les plus jeunes. Notre frère est en train de mal tourner. Il est grand temps que j'aie une petite conversation avec lui. Et si ça ne marche pas, je lui enverrai Père.

— Ce n'est pas Balard, répliqua Nolita. Je...

La jeune fille frissonna et lâcha un rire nerveux.

— Je me fais sûrement des idées. Eh bien, si c'est Balard ou un de ses camarades, il va le regretter ! ajouta-t-elle en élevant la voix.

— Bien parlé ! s'exclama Martre.

Nolita n'avait que treize ans, mais lorsqu'elle se mettait en colère, mieux valait ne pas se frotter à elle.

Nolita n'avait peur ni des rats, ni des serpents, ni des araignées. En revanche, elle tremblait comme une feuille devant une vache ou un cheval. Elle était paralysée s'il fallait escalader une paroi, bouleversée de voir ses amis grimper aux arbres.

Jusqu'à présent, les gens ne lui avaient jamais posé problème. Ni les jeunes ni les adultes. Mais aujourd'hui, c'était différent.

Martre se remit en route sans lâcher la main de sa sœur. Nolita la remercia d'une légère pression des doigts. Leur mère les avait envoyées porter divers aromates à une vieille sage du village voisin. Pour elles, ce n'était pas une corvée. La vieille femme cuisinait divinement bien et savait récompenser les visiteurs comme il se devait. Chaque fois, les enfants repartaient les poches pleines de gâteaux savoureux et de sucreries. Martre en avait l'eau à la bouche.

— Regarde ! s'exclama-t-elle en désignant l'orée du bois. Nous sommes presque arrivées. Dépêche-toi. Tu te sentiras mieux une fois sortie de la forêt.

Une brusque rafale de vent agita la cime des arbres.

Les deux sœurs levèrent les yeux. Une rafale ? Étrange... Le temps changeait-il ? Très vite, les branches s'immobilisèrent. Nolita resserra ses doigts autour de ceux de sa sœur. Le contact la rassura. La bourrasque l'avait terrorisée.

— Tu as raison, Martre. Courons jusqu'au village. Je suis aussi tendue que la corde d'un arc.

Les deux sœurs s'élancèrent main dans la main. Au début, leurs foulées furent maladroites, puis chacune calqua son pas sur celui de l'autre. Bientôt, elles trottinaient à un rythme soutenu. Plus que deux cents mètres avant d'atteindre la lisière de la forêt. Sur les dix derniers, elles décidèrent de piquer un sprint. Nolita expulsa la tension qui était en elle ; cela lui fit du bien. Lorsque sa sœur et elle émergèrent de la forêt, elle se sentait beaucoup mieux. Le soleil lui inondait le visage. Puis elle dérapa sur le sol et s'arrêta net.

— Par les dieux ! souffla Martre, stupéfaite.

Nolita émit le jappement d'un chiot dont on aurait écrasé la queue. Elle hésita cinq secondes et repartit à toutes jambes vers les bois. Martre la suivit du regard, clouée sur place par l'émerveillement. Elle se frotta les yeux... Non, elle ne rêvait pas. Entre le village et elle se dressait la créature la plus extraordinaire qu'elle ait jamais vue. Un dragon aux écailles bleues miroitantes et aux cornes d'un blanc crémeux. Un dragon, qui la fixait intensément.

Sur un autre continent, Élias vivait une expérience tout aussi stupéfiante.

— *Je m'appelle Aurore. Et je suis ton dragon*, répéta la créature après un bref silence. *Tu peux m'appeler Auri, si tu veux. J'ai toujours voulu qu'on m'appelle ainsi ! C'est le début d'« aurifère ». Cela signifie « qui contient de l'or ». C'est joli, non ?*

— Tu es *mon* dragon ? interrogea Élias. Tu peux préciser ? Et d'abord, comment connais-tu mon nom ?

— *Je suis un dragon. Toi, Élias, tu es mon cavalier-dragon. Je suis donc* ton *dragon. Logique. Cela fait longtemps que j'attends ta naissance. Je t'ai observé grandir. Maintenant, ton heure est venue. Nous avons beaucoup à accomplir, toi et moi.*

Elle inclina la tête et ajouta d'un air espiègle :

— *Quant à ton nom, je l'ai entendu dans ton esprit pendant que tu tombais.*

Les paroles de la créature résonnèrent en écho dans la tête du garçon, qui en resta bouche bée. Comment pouvait-il être un cavalier-dragon, puisqu'il n'avait jamais vu de dragon ?

— Pourquoi moi ? finit-il par demander d'une voix haut perchée.

— *Ah. Nous y voilà. L'inévitable question. On m'avait prévenue. Malgré toutes les réponses que je pourrai te donner, certains points demeureront obscurs. Pour nous, les dragons, les humains ne sont bons qu'à deux choses : nous chevaucher ou nous servir de déjeuner. Personnellement, je vous préfère à la broche.*

Élias avala la boule d'angoisse coincée dans sa gorge. Le rire d'Aurore tinta dans son esprit.

— *Désolée ! Tu as tellement cru que tu allais te faire dévorer, tout à l'heure, que je n'ai pas pu résister ! En réalité, les humains manquent de goût. Moi, je préfère un cerf bien dodu. Je ne croque un humain que si je meurs de faim.*

En voyant l'air ahuri d'Élias, la créature redevint sérieuse.

— *Je plaisantais*, précisa-t-elle. *Un dragon reconnaît d'instinct le cavalier qui lui est destiné. Cela fait des siècles que je t'attends. J'ai su qui tu étais à la seconde où tu es né. J'avais hâte de te rencontrer, mais j'ai dû prendre mon mal en patience. Attendre... le bon moment. Chaque dragon a un cavalier. Tu es à moi, et je suis à toi. Nos destins sont étroitement liés. Oserais-tu prétendre le contraire ? N'as-tu pas reconnu ma voix dès le premier instant ?*

Bien sûr que si. Pourtant, Élias ne comprenait toujours pas. Ou peut-être refusait-il de comprendre. Il décida d'éluder les questions du dragon :

— Quel âge as-tu ? Et... je t'entends dans ma tête, mais toi, tu me comprends quand je m'exprime à voix haute. Comment est-ce possible ?

Aurore émit un grognement de désapprobation :

— *C'est très impoli de demander son âge à une dame. Je sais que tu brûles de me harceler de questions ; nous y répondrons en temps et en heure. Quant à ton étrange langage, il n'est pas un obstacle pour moi. Les sons que tu prononces se reflètent dans ton esprit. J'y vois des mots et des images. Le contrôle de la pensée exige de la pratique. Tu peux t'adresser à moi à voix haute, ou dans ta tête. À ta guise.*

De la télépathie... Élias n'en revenait pas !

— Vous discutez ainsi, entre dragons ? Ou vous suffit-il de regarder dans l'esprit de l'autre et d'y puiser l'information voulue ?

— *Nous parlons par projection de pensées. Dans des circonstances très particulières, nous lisons dans les esprits comme dans un livre ouvert. Un dragon avec un esprit puissant sait fouiller dans l'esprit d'un être humain, voire d'un autre dragon, mais la loi draconique l'interdit formellement. En revanche, nous avons le droit de déchiffrer les pensées superficielles, ou les pensées qu'un dragon choisit de révéler. Autre chose : le lien qui nous unit toi et moi agit comme un canal. Peu à peu, ce canal va croître, jusqu'à ce que l'on devine ce que pense et ce que ressent l'autre.*

Elle marqua un temps d'arrêt et reprit :

— *Dis-moi, Élias : que sais-tu des dragons ?*

Quasiment rien. Élias choisit ses mots pour répondre :

— Mon professeur affirme qu'il n'y a pas plus dangereux qu'un dragon sans cavalier.

— *Plutôt pas mal, comme philosophie*, convint Aurore. *Quoique pas tout à fait exacte. Un dragon sans cavalier n'est pas forcément un dragon solitaire.*

— Quelle différence ? interrogea Élias.

— *Le dragon solitaire a perdu son cavalier avant d'avoir pu accomplir son but – sa raison de vivre. Parfois, l'échec est tellement cuisant que le dragon en devient fou de chagrin. Tous les dragons – les vrais – ont une raison de vivre. Les solitaires sont rares, mais redoutables.*

Élias comprenait de moins en moins.

— Les vrais dragons ? Une raison de vivre ? Tu m'embrouilles.

— *Il y a quatre races de vrais dragons. Les dragons des glaces de l'extrême Sud et les dragons des eaux qui vivent dans les profondeurs des océans ne comptent pas. Ils ne servent que leurs propres intérêts*, déclara Aurore avec dédain.

— Ce ne sont donc pas de vrais dragons, conclut Élias.

— *Tu commences à comprendre. Il y a donc les dragons du jour, aux écailles bleu vif, plus nobles que les plus valeureux des chevaliers, et dont le cœur déborde de courage. Ensuite, les dragons de la nuit, noirs comme de l'encre. Leurs yeux brûlent d'un feu orange et trahissent une fureur terrifiante...*

— J'en ai entendu parler, chuchota Élias, intimidé par la gravité des paroles d'Aurore.

— *Troisièmement, les dragons du crépuscule, gris cendré. La fierté se lit dans leurs yeux d'argent. Ils sont énigmatiques, aussi purs qu'un saphir, et connaissent les anciens mystères qui font d'eux des sages.*

— Qui sont-ils ? l'interrompit Élias. Des hybrides ?

Le résultat d'un croisement entre un dragon du jour et un dragon de la nuit ?

— *Certainement pas ! Notre espèce se définit au moment de l'éclosion.*

— Aucune de ces descriptions ne te correspond, Auri, fit remarquer le garçon.

— *Normal*, rétorqua Aurore sur un ton hautain. *Je suis un dragon de l'aube – la quatrième espèce. La plus rare. Tu vas bientôt découvrir ce que cela implique. Un cavalier-dragon accomplit de grandes choses, mais un cavalier de l'aube...*

Sans finir sa phrase, Aurore se tourna vers Élias et reprit :

— *Viens. Accepte ton destin. Grimpe sur mon dos. Je vais te montrer.*

À l'idée d'être propulsé dans les airs à dos de dragon, Élias éprouva un mélange de terreur et d'excitation. Sans parler de cette pensée, tout aussi angoissante : ce dragon et lui étaient unis pour la vie. Dorénavant, ils seraient partenaires. Le garçon se pinça pour vérifier qu'il ne rêvait pas.

— Co... Comment dois-je monter ? bredouilla-t-il.

Aurore tendit la patte avant gauche.

— *Prends appui là-dessus.*

— Alors tu n'es pas une hallucination ? murmura le garçon.

— *À ton avis ?* se moqua le dragon femelle, un brin amusé. *Dépêche-toi, Élias. Nous avons beaucoup de travail, et très peu de temps. Tu es un humain ; ta vie est courte. Tu dois saisir l'instant présent. Monte. Unissons nos destins.*

Élias avança d'un pas hésitant et posa la main sur la patte d'Aurore, prêt à la retirer aussitôt. « Qu'est-ce que tu imagines ? se dit-il. Qu'elle te tend un piège ? Si elle avait voulu te tuer, tu serais déjà mort. » Tout à coup, il se sentit bizarre. Il avait la bouche sèche. L'impression qu'une dizaine de grenouilles sautaient dans son estomac. Les grands yeux ambrés du dragon l'observaient, impassibles.

Du bout des doigts, Élias caressa les écailles de la créature. Leur texture le surprit. La peau jaune orangé d'Aurore luisait, comme éclairée par-dessous. Elle ressemblait à une armure d'écailles solide, mais elle était étrangement douce au toucher – presque aussi souple et fragile que la peau d'un humain.

— *Elle est plus résistante qu'il n'y paraît*, déclara Aurore. *Tu ne me feras pas mal. Allez, grimpe !*

Avec maladresse, Élias escalada la patte du dragon. Ses mains glissèrent et ses pieds dérapèrent, mais il parvint à atteindre l'épaule d'Aurore. Celle-ci se laissa faire. Le garçon évalua la situation. D'abord, elle lui parut complètement absurde. Ensuite, peu à peu, il commença à prendre conscience que tout était réel. La voix dans sa tête. Les écailles souples. Et lui, Élias, sur le dos d'un dragon.

— *Très bien. À présent, assieds-toi entre deux de mes piquants. Non, plus haut. Encore... Parfait ! Ce sera plus confortable pour nous deux. Tu es prêt ?*

— Prêt ? répéta Élias en riant. Je ne serais pas prêt, même si je m'étais entraîné toute ma vie ! Je suis assis sur le dos d'un dragon et je n'ai aucune idée de ce qui va m'arriver. Je suis peut-être fou, mais j'adore ça ! Alors, vole !

— *Accroche-toi bien. C'est parti !*

Élias s'agrippa aussi fort qu'il put au piquant qui saillait devant lui.

Aurore se tourna vers le sud. Élias sentit les muscles du dragon se contracter sous ses fesses. Il se pencha et posa la joue sur le piquant tout en serrant les jambes autour du corps d'Aurore, comme il le faisait lorsqu'il chevauchait son poney. Sauf qu'un dragon a le dos beaucoup plus large que celui d'un poney.

Aurore décolla sans prévenir. Élias poussa un cri interminable.

— Aaaaaaaaah... !!!

Le garçon avait déjà monté des chevaux rapides comme l'éclair, lancés au triple galop, mais jamais une monture aussi vive qu'Aurore. Les grandes ailes se déployèrent d'un seul coup et se mirent à brasser d'immenses quantités d'air. Élias sentit les pattes du dragon quitter le sol. Auri accéléra. Encore plus vite. Le vent fouetta le visage du garçon. Lorsque le dragon amorça la descente, Élias crut que son estomac lui remontait dans la gorge. Aurore étendit les ailes et entama un large virage. C'était reparti pour un tour.

— ... Aaaaaaaaah !!! continua de vociférer le garçon.

Entre deux hurlements, il aspira une goulée d'air frais.

— *Passons aux choses sérieuses*, décréta Aurore, qui battit des ailes de plus en plus fort.

Le sol s'éloigna encore. Élias criait sans pouvoir se contrôler. Ses yeux s'embuèrent et le paysage se brouilla, mais il sentit qu'il continuait à prendre de l'altitude.

— *Tu pourrais faire un peu moins de bruit ?* lui demanda Aurore. *Ça me perturbe. Ce serait dommage d'aller s'écraser sur une falaise.*

« Elle se fiche de moi », songea d'abord Élias. Il jugea néanmoins plus sage de ne pas désobéir au dragon. Son ton solennel et ses manières impérieuses l'effrayaient. Vexé par la réprimande, il serra les mâchoires et battit des cils. Même s'il l'avait osé, il aurait été incapable de lever la main pour essuyer ses larmes tant il se cramponnait. Ce n'était pas le moment de tomber.

— *Entièrement d'accord avec toi*, confirma Aurore, qui continuait à lire dans les pensées de son cavalier. *Si tu tombais, je n'aurais pas le temps de te rattraper, cette fois. Et tu ne survivrais pas à une telle chute. Si tu sens que tu glisses, fais-le-moi savoir. Je t'aiderai à retrouver l'équilibre. Je n'ai pas attendu tout ce temps pour te laisser mourir aussi bêtement.*

Le dos du dragon se levait et s'abaissait au rythme régulier de ses battements d'ailes. Malgré lui, Élias s'y adapta.

Bientôt, sa vision s'éclaircit. Ce qu'il découvrit lui coupa le souffle. Aurore et lui se trouvaient bien au-dessus des plus hautes cimes des arbres. Et ils grimpaient encore. Sous ses pieds, le sol défilait à une vitesse vertigineuse.

Élias était en train de vivre une expérience époustouflante, inédite. Le souffle du vent, les grands battements d'ailes d'Aurore et la vue unique qu'on avait de là-haut lui laissaient un goût métallique dans la bouche. La terre était trop lointaine pour qu'il se fasse une idée précise de la hauteur. Voler à dos de dragon, c'était comme regarder le paysage avec les yeux de quelqu'un d'autre. Perdre tous ses repères. Se pencher au-dessus du bastingage d'un navire et contempler des fonds marins d'une limpidité cristalline.

— *C'est amusant, hein ?* demanda Auri.

— Tu veux rire ! s'écria Élias. C'est incroyable ! Ahurissant !

Il renversa la tête en arrière et exulta :

— WAOUH ! WAOUUUH !!!

Une joie sans nom l'envahit et s'insinua dans tous ses pores. Il rit à en perdre haleine.

— *Ravie que cela te plaise, cavalier-dragon. Car le voyage va durer plusieurs heures.*

Le rire mourut dans la gorge d'Élias.

— Où va-t-on ?

— *Là, tout de suite ?*

— Oui.

— *Chez toi, pour commencer. Il te faut des provisions, des vêtements de rechange et une combinaison. Tu en profiteras pour faire tes adieux à ta famille. Tu ne la reverras pas de sitôt. Au diable les leçons de vol ; tu apprendras au fur et à mesure. Il nous faut visiter l'Oracle sans tarder. Même les dragons ne peuvent arrêter le temps.*

Élias voulait savoir qui était l'Oracle, mais il se mordit la langue. Il avait autre chose en tête.

— On pourrait s'arrêter quelque part avant d'aller chez moi ? s'enquit-il.

— *Tout dépend de tes projets*, répondit Auri sur un ton circonspect.

— J'ai un petit compte à régler avec deux vieux amis. Une rencontre avec un dragon leur ferait le plus grand bien.

Chapitre trois

Chasseurs de dragons

— *Tu souhaites donc te venger de ces deux garçons ? Je te préviens : je ne suis pas une arme mise à ta disposition*, déclara Aurore sur un ton qui ne souffrait aucune réplique.

— Ce n'est pas mon intention ! se hâta de préciser Élias. Je veux juste leur faire peur. Borkas et Farrel s'en prennent à tous les enfants du village et font de notre vie un véritable enfer. Ce sont des voyous de la pire espèce. Et si c'étaient eux les victimes, pour une fois ?

Aurore considéra sa requête en silence. Plusieurs secondes s'écoulèrent. Élias osait à peine respirer.

— *D'accord*, conclut-elle. *Où se terrent ces misérables ?*

Incapable de dissimuler son enthousiasme, Élias répondit :

— Ils doivent m'attendre à l'orée du bois. Près de l'endroit où nous nous sommes rencontrés.

— *Alors direction le Doigt du diable !*

Le dragon abaissa brusquement une aile et vira à gauche. Élias poussa un grognement de surprise et se retrouva plaqué contre l'échine d'Auri. Quand il regarda à gauche, son estomac se noua : le sol se rapprochait à vitesse grand V. Élias était incliné à un angle impossible, maintenu sur le dos de sa monture par une main géante invisible. Il ne comprenait pas quelle était cette force, mais il apprécia son intervention. Sans elle, il aurait été désarçonné sur-le-champ.

— *Penche-toi dans les virages. Sinon, tu risques de basculer par-dessus bord. Si je tourne à gauche, penche-toi à gauche. Et vice versa.*

Le conseil ne lui semblait pas logique, mais le garçon obtempéra sans protester. Il avait bien trop peur. D'instinct, il resserra les doigts sur le piquant. Il ne le lâcherait qu'une fois sur la terre ferme. Lorsque le dragon se redressa juste après un virage, Élias commença à glisser. Il se rattrapa bien vite. Heureusement qu'Auri l'avait averti ! Il allait lui falloir du temps pour prendre le pli.

Aurore continuait à gagner de l'altitude, s'élevant dans les airs à chaque battement d'ailes. Élias risqua un œil sous lui : le dragon avait fait demi-tour et se dirigeait vers le nord en longeant la vallée. Bientôt, il aperçut le Doigt du diable. Vu sous cet angle, l'index de roche paraissait plus sinistre et plus fragile que jamais. Le garçon frissonna. Et lui qui y avait marché des dizaines de fois !

Au niveau du Doigt, Aurore prit de la hauteur et frôla le ventre des nuages. De minces volutes s'enroulèrent autour du dragon et de son cavalier, tels des tentacules fantomatiques. Auri força l'allure, les tranchant net.

— *Attention, je vais traverser cette couche de nuages. Elle n'est pas très épaisse, mais tu risques d'être un peu mouillé.*

Les mots restèrent bloqués dans la gorge d'Élias. Survoler les nuages... Un jour, il avait contemplé la vallée de Nehlée plongée dans le brouillard. La vue l'avait laissé muet de stupéfaction. Il n'osait imaginer ce qui l'attendait au-dessus des nuages.

En quelques battements d'ailes puissants, Auri plongea dans un océan de blancheur. La température chuta d'un coup. Élias frissonna. Il vivait un cauchemar éveillé. Voler à l'aveuglette dans une sorte de brume humide, laiteuse et infinie le terrifiait. Il plissa les yeux, sans rien voir d'autre que l'échine et les ailes d'Auri. Il avait l'impression d'être entré dans un trou noir. Pourvu qu'Aurore sache où elle allait ! À la moindre erreur de jugement, ils s'écraseraient contre la paroi rocheuse du Grand Abrupt !

Élias fut trempé en une fraction de seconde. De minuscules gouttelettes d'eau se formèrent sur sa peau et dégoulinèrent le long de son corps. Par chance, ce fut très bref. Quand Auri émergea au-dessus de la couverture nuageuse, Élias dut à nouveau plisser les paupières, aveuglé par la lumière du soleil. Le ciel était d'un bleu profond. Le faîte des nuages, d'un blanc éclatant. Malgré le froid, le garçon fut parcouru d'une vague d'allégresse qui lui réchauffa le cœur. Ils survolaient une mer lisse et duveteuse, pareille à un tapis de crème fouettée.

— Sais-tu où nous sommes ? cria Élias.

— *Pas vraiment. Je navigue à vue de nez. Mais rassure-toi : j'ai le nez très fin. De plus, en me concentrant, j'arrive à sentir la présence des humains. Tiens. Il y en a deux, là, juste en bas.*

— Tu peux lire dans leurs pensées ?

— *Je perçois des échos. Quelques bribes recueillies à la surface. Ce que je sens chez ces deux-là ne me dit rien qui vaille.*

— Borkas et Farrel ! s'exclama Élias, surexcité. J'ai une idée ! Peux-tu atterrir sans qu'ils nous voient ?

Avec précaution, Auri amorça un virage à droite et descendit en spirale à travers les nuages. Restant au ras de la couverture blanche, elle chercha un bon endroit pour atterrir. Deux secondes plus tard, elle piquait droit vers le sol. Elle se redressa brusquement, freinant sa course d'un habile coup d'ailes, et se posa sans le moindre heurt.

Élias fit passer sa jambe droite par-dessus le corps d'Aurore et se laissa glisser à terre. Il s'effondra comme un tas de linge sale, les mains crispées entre ses cuisses.

— *Tu t'es fait mal ?* s'inquiéta Auri.

— Euh... Un peu, grommela le garçon. J'ai l'habitude de chevaucher des poneys, pas des dragons. Et je ne fais pas le grand écart tous les jours. J'ai dû me déchirer un muscle... à un endroit mal placé.

Aurore émit un grognement amusé.

— *C'est le métier qui rentre, cavalier-dragon. La prochaine fois, tu m'équiperas d'une selle.*

Elle plissa ses grands yeux ambrés.

— *J'écoute. Quel est ton plan ?*

En quelques mots, Élias le lui exposa.

— *Simple, mais efficace !* approuva-t-elle en pouffant. *Pense, et j'obéirai.*

Elle tourna le dos au bois touffu, s'élança à travers la lande et s'éleva dans le ciel à vive allure. Élias la vit disparaître dans les nuages. Du passage du dragon, il ne restait plus que des tourbillons blanchâtres. Le garçon se releva avec force grimaces et grognements. Puis il emboîta prudemment le pas aux deux brutes.

Dès qu'il fut à quelques mètres derrière eux, sa douleur s'évanouit. Borkas et Farrel en avaient eu assez d'attendre ; ils rentraient au village. Ils le repérèrent au bout d'un moment. Ils échangèrent trois phrases et firent volte-face, un rictus mauvais aux lèvres. Élias s'autorisa un sourire discret.

— Tu trouves qu'il y a de quoi se réjouir, Élias ? grinça Borkas.

— Je jouis de l'instant présent, répliqua le garçon avec calme, sans se départir de son sourire. Car c'est la dernière fois que ton copain et toi cherchez la bagarre.

Les deux costauds s'arrêtèrent à cinq pas de lui. Ils se lancèrent un regard étonné, balayèrent les environs des yeux, puis reportèrent leur attention sur Élias.

— Et comment comptes-tu nous en empêcher ? railla Farrel.

— Je me suis fait une nouvelle amie. Elle a décidé que si vous ne changiez pas de comportement, elle vous tremperait dans son bol du petit déjeuner.

Les deux armoires à glace explosèrent de rire.

— J'y crois pas ! rugit Borkas. Cet idiot est allé se réfugier dans les jupes d'une fille !

— Nous, on menace, et toi, tu déguerpis, déclara Farrel. C'est comme ça que ça marche, ici.

Il se tourna vers son ami et prit un air faussement effrayé :

— Dépêchons, avant que sa petite copine ne vole à son secours !

— C'est exactement ce qu'elle va faire... *voler*, répondit Élias sans bouger d'un pouce.

Les deux brutes serrèrent les poings et marchèrent sur lui.

Soudain, derrière eux, il y eut une rafale de vent, suivie d'un bruit sourd. Puis un grondement. Caverneux. Interminable. À glacer le sang. Borkas et Farrel se figèrent. Lentement, très lentement, ils se regardèrent et se retournèrent. La première chose qu'ils virent d'Aurore, ce furent ses naseaux, à quelques centimètres de leur visage.

— *Bouche-toi les oreilles*, ordonna Auri à Élias.

Le garçon obéit instantanément et profita du spectacle. Le dragon femelle inspira un grand coup, releva la tête et fondit sur les deux garçons à une vitesse effroyable. Ouvrant la gueule, elle poussa un rugissement assourdissant. Borkas et Farrel sentirent leurs cheveux se dresser sur leur tête – au sens propre. La seconde d'après, Aurore dévoila deux rangées de crocs affûtés comme des rasoirs et darda vers eux une longue langue pointue. Les garçons eurent un aperçu plutôt évocateur du fond du gosier d'un dragon.

Pétrifiés, Borkas et Farrel contemplèrent les yeux de la créature. Celle-ci les dévisageait, les dents étincelantes. Le cœur des deux garçons fit un bond dans leur poitrine. Ils tournèrent les talons ventre à terre tout en lâchant des beuglements de terreur.

Élias enleva les doigts de ses oreilles et observa ses ennemis détaler, un large sourire aux lèvres.

— *Ça suffira ?* s'enquit Aurore.

— Tu as été divine, Auri ! s'exclama Élias. Je crois qu'ils ont compris la leçon !

— Cet homme me fait froid dans le dos, Tembo. Il y a quelque chose de pas naturel, chez lui. Ses yeux. Ou sa capacité à déchiffrer des signes que personne d'autre ne voit.

— Tu devrais le remercier, au contraire, riposta

Tembo en haussant ses larges épaules. C'est le meilleur chasseur de dragons de la région. Sans lui, nous devrions travailler dur pour gagner notre vie. D'accord, il est un peu bizarre, mais c'est le résultat qui compte, non ? Tiens, regarde. Il a trouvé quelque chose.

Husam leva les yeux vers son ami : massif, fort comme un bœuf et d'une loyauté à toute épreuve, Tembo était le partenaire de chasse idéal. À première vue, il avait tout du géant débonnaire, mais il maniait la lance avec une dextérité stupéfiante. Son visage donnait l'impression d'avoir été modelé dans de l'argile par un enfant de quatre ans. Un nez en forme de saucisse pointait au beau milieu, et des oreilles éléphantesques pendouillaient de chaque côté. Malgré ses traits comiques et ses manières frustes, il n'avait rien d'un simple d'esprit : c'était un homme aux multiples facettes, capable de résoudre l'énigme la plus compliquée.

Tembo et Husam avaient travaillé en tandem pendant deux ans. Ils s'en tiraient bien, mais depuis qu'ils avaient rejoint l'équipe de Kasau – le chasseur taciturne – leurs affaires prospéraient. Kasau était doté d'un sixième sens infaillible : il sentait les dragons solitaires à des lieues à la ronde. Il était peu loquace, et quand il parlait, tout le monde l'écoutait.

Tembo avait raison. Kasau avait flairé une proie. Husam vit le chasseur arpenter le petit bois de long en large et sentit des picotements dans sa nuque.

Kasau se redressa et alla retrouver le reste de l'équipe. Même d'ici, Husam distinguait ses yeux. Difficile de ne pas les remarquer : le gauche était chocolat foncé, et le droit, d'un brun tirant sur l'orange. Des yeux vairons. La marque du diable, à ce qu'on disait. Husam n'avait jamais rien noté de spécial mais Kasau le mettait très mal à l'aise.

— C'est un dragon de l'aube femelle, déclara Kasau de sa voix feutrée. Elle n'est pas loin. Si nous parvenons à la capturer, nous serons riches.

Les commentaires et les questions fusèrent :

— Un dragon de l'aube ! Mazette !

— Où se cache-t-elle ?

— Quelle taille mesure-t-elle ?

Le chasseur de dragons leva la main et réclama le silence.

— Il y a un léger problème, ajouta-t-il d'une voix glaciale.

Ses yeux s'attardèrent sur chaque membre de l'équipe, en insistant un peu plus sur Husam. Ce dernier sentit un frisson lui parcourir l'échine. L'espace d'un instant, il eut l'impression que l'étrange chasseur sondait son âme.

— Le dragon a trouvé son cavalier, acheva Kasau.

Des murmures de déception s'élevèrent dans l'assistance.

C'était justifié. La loi était stricte : seuls les dragons solitaires étaient considérés comme dangereux, et donc comme gibier potentiel. Ces créatures frappées de folie s'attaquaient indifféremment aux humains et aux autres dragons. Parfois, on confondait dragon solitaire et dragon sans cavalier. Les autorités préféraient fermer les yeux ; une fois dépecés, les dragons possédaient des vertus bénéfiques pour les humains. En revanche, massacrer un dragon qui avait trouvé son cavalier constituait un délit très grave passible de la peine de mort. Douce punition, comparée à ce que les braconniers subissaient lorsqu'ils tombaient entre les mains de cavaliers-dragons...

À nouveau, Kasau intima le silence.

— Que ceux qui veulent devenir riches lèvent la main, ordonna-t-il de sa voix feutrée.

Il n'avait pas besoin de hausser le ton pour donner du poids à ses paroles.

Le cœur de Husam se mit à battre la chamade.

« Et voilà, songea-t-il. J'avais vu juste. Kasau est un émissaire du diable. »

— Nous ne pouvons pas prendre le risque de tuer un dragon qui a trouvé son cavalier, protesta-t-il. C'est interdit. À quoi bon être riche si on est mort ?

Husam se contracta : avait-il réellement prononcé cette phrase ? Kasau la lui avait-il soufflée en silence ? Ce dernier le dévisageait sans ciller. Husam tenta de détourner la tête. Impossible. C'était comme si le chasseur la lui maintenait en place avec un boulon invisible.

— Qui le saura ? rétorqua Kasau. Le dragon femelle vient de rencontrer son cavalier. La confrérie des cavaliers-dragons l'ignore encore. Et le dragon n'a pas emmené son partenaire dans son enclave. Alors, en ce qui me concerne, ce dragon de l'aube est un solitaire.

Husam avait l'impression que la voix de Kasau résonnait à l'intérieur de son crâne.

— Et que fais-tu du cavalier ? contre-attaqua-t-il. Il faudra le tuer, lui aussi ?

— Ce ne sera pas nécessaire, répliqua Kasau avec froideur. Dès que le dragon mourra, son cavalier perdra la raison. Qui écouterait les élucubrations d'un fou ?

Nouvelle rumeur dans le groupe. Quand Kasau se tourna vers son équipe, Husam chancela. Tembo le rattrapa de justesse. Le chasseur récalcitrant se frotta les paupières ; une douleur sourde lui martela le front avec l'intensité d'une grosse caisse.

Husam regarda autour de lui : le groupe se divisait en deux. Commença alors une conversation enflammée. C'était la première fois que l'équipe de Kasau se disputait. Le chef pouvait se vanter d'avoir réussi son coup ! Imperturbable, il écoutait les dix-huit chasseurs avancer leurs arguments.

Peut-être Kasau l'avait-il fait exprès ? D'habitude, les équipes de chasseurs n'étaient pas si nombreuses. Peut-être n'avait-il besoin que de cinq ou six hommes ? Les murmures se transformaient en éclats de voix ; les raisonnements, en cris de colère. Husam vit une opportunité à saisir : avec un peu de chance, le groupe se séparerait, et le chasseur pourrait prendre le commandement de la seconde moitié... Un chef recevait toujours une plus grosse part de butin. Il y avait d'autres dragons. Et il y aurait d'autres chasses.

Pour la troisième fois, Kasau leva la main. Quelques secondes plus tard, le silence retomba.

— D'après ses traces, je peux vous affirmer qu'il s'agit d'un dragon de l'aube femelle adulte, expliqua-t-il. Ce qui signifie qu'elle est au sommet de sa puissance. Vous ne reverrez sans doute jamais une telle créature. Maintenant qu'elle a trouvé son cavalier, elle va s'envoler pour l'Orupée, où l'attend le Dragon Fantôme. Nous savons où elle va. Nous pouvons lui tendre un piège. Les Suzerains n'en sauront jamais rien. Qui est avec moi ?

— Moi ! répondirent en chœur plusieurs chasseurs.

Peu à peu, d'autres se joignirent à eux, avec plus ou moins d'enthousiasme. À la fin, il ne restait que Husam et Tembo. Husam interrogea son ami du regard. La réponse du géant était claire : quoi que décide son compagnon, il le suivrait.

Husam fut tenté de partir. Il s'engageait sur une mauvaise pente. Il le sentait dans chaque fibre de son être. Mais il y avait l'appât du gain. Combien valaient les os d'un dragon de l'aube ? Et ses écailles ? Et sa peau, et ses yeux, et ses cornes ? Une petite fortune !

Même en partageant le butin en dix-neuf, chaque chasseur pourrait prendre sa retraite... à supposer qu'ils réussissent.

— D'accord, siffla Husam entre ses dents. Et puisse le Créateur avoir pitié de notre âme !

Chapitre quatre

L'adieu

Aurore se posa sans bruit dans le champ en jachère près de la chaumière d'Élias, située en bordure du village. Ce qui était un bon point : le centre du hameau, avec ses ruelles trop étroites, était inaccessible pour un dragon.

— *Tu ferais mieux d'aller parler aux villageois*, suggéra Aurore en jetant un coup d'œil méfiant vers les habitations. *Et vite. Notre arrivée n'est pas passée inaperçue.*

En effet, quelques curieux se massaient déjà près de la maison d'Élias. En moins d'une minute, la foule avait triplé. Les femmes empêchaient leurs enfants surexcités de s'approcher trop près du dragon. Quant aux hommes, ils s'étaient emparés de faux, de pelles et de pioches, et avaient accouru sans tarder. Même si ces armes paraissaient dérisoires face à l'armure d'écailles d'Aurore, Élias fut consterné par leur réaction.

Avec d'infinies précautions, le garçon passa la jambe par-dessus le dos du dragon et se laissa glisser à terre. Cette fois, il atterrit sans problème, malgré la douleur qui lui cisaillait l'entrejambe. Il avança en serrant les dents.

— Du calme. Tout va bien, s'écria-t-il en levant les mains.

Aurore posa la tête sur le sol, à côté de lui. Élias lui caressa gentiment le museau.

— Je vous présente Aurore. C'est mon dragon.

Élias ne pouvait pas prévoir que Mégane, sa mère, allait sortir de chez elle à cet instant précis. Quand elle aperçut le dragon, ses yeux se révulsèrent et elle s'effondra comme un sac de pommes de terre.

Élias traversa le champ, sauta par-dessus le muret de pierre qui clôturait le jardin et se précipita aux côtés de sa mère. Au même moment, Raim, son père, surgit de la chaumière et s'agenouilla auprès de son épouse.

— Mégane ! appela-t-il d'une voix inquiète en lui tapotant la joue. Que s'est-il passé, Élias ?

Raim leva les yeux et aperçut la foule.

— Que veulent tous ces gens ? Je te préviens, Élias, si tu as fait des bêtises, tu...

Mégane recouvrait ses esprits. Elle battit des paupières, sourit à son mari et à son fils, puis une ombre les enveloppa. Elle écarquilla les yeux, poussa un cri strident et s'évanouit à nouveau.

Raim se retourna d'un bloc. Au début, il contempla le corps gigantesque qui lui masquait la lumière sans comprendre de quoi il s'agissait. Très lentement, il leva le menton. Son regard remonta le long du cou du dragon, se posa sur les mâchoires, les naseaux, et plongea dans les yeux d'Aurore. La créature souriait de toutes ses dents.

Auri avait suivi Élias en silence et s'était arrêtée juste derrière le muret, pour ne pas l'abîmer. À présent, elle allongeait le cou afin d'observer les parents de son cavalier d'un peu plus près.

— Rentre à la maison et referme la porte, ordonna Raim à Élias d'une voix douce, mais catégorique. Ne fais aucun geste brusque.

— Ne crains rien, Père, répliqua le garçon. Tu as devant toi Aurore, mon dragon. Enfin... elle ne m'appartient pas. Nous nous appartenons l'un à l'autre. C'est un peu compliqué. Bref, Auri, je te présente mon père. Père, voici Auri.

— Pour la dernière fois : rentre à la maison ! gronda Raim.

Mais Élias ne l'entendait pas de cette oreille :

— Tu n'y es pas du tout ! Je viens de découvrir que j'étais un cavalier-dragon ! Ça paraît fou, non ?

Il lança à Auri un regard contrit.

— Tu pourrais reculer un peu, pendant que j'explique la situation à mon père ? Ça risque de prendre un bout de temps. Les cavaliers-dragons ne sont pas monnaie courante, par ici.

— *Aucun problème*, répondit Auri. *Tes parents m'ont l'air de gens bien. Ton père est courageux ; il a voulu protéger sa famille. S'il te plaît, dis-lui que je suis heureuse d'avoir trouvé un cavalier de si noble et si honnête famille.*

— Je lui transmettrai le message. Merci, Aurore, fit Élias à voix haute pour que son père comprenne qu'il n'inventait rien.

Stupéfait, Raim vit la tête du dragon pivoter au bout de son long cou. L'énorme créature regagna le milieu du champ. Là, elle se lova dans les hautes herbes et attendit sagement. Dans la foule qui grossissait encore, une multitude de paires d'yeux suivirent chacun de ses mouvements et s'attardèrent sur le tas d'écailles, de piquants et de crocs, d'où saillaient deux cornes brillantes.

Au bout d'un silence interminable, Raim balbutia :

— Toi ? Un cavalier-dragon ? Impossible.

— C'est pourtant le cas, Père, affirma Élias. Auri te fait dire que tu t'es montré très courageux. Elle est ravie que son cavalier ait un père tel que toi.

— Tu ne peux pas être un cavalier-dragon ! s'entêta Raim. Tu n'as que quatorze ans !

— Je suis presque adulte, rétorqua Élias.

— Presque, confirma son père. Tu n'as pas encore l'âge de voler à dos de dragon. C'est... c'est beaucoup trop risqué.

— Qu'est-ce que tu en sais ? riposta le garçon.

— Inutile de te montrer insolent.

Comme Mégane revenait à elle, Raim lui caressa la joue et lui passa la main dans les cheveux.

— Va lui chercher de l'eau, dit-il à son fils.

Raim parcourut des yeux l'attroupement à l'arrière du jardinet. Tout le village était présent.

— Fin du spectacle, annonça le père d'Élias. Rentrez chez vous. Rendez-vous à la salle commune en fin de journée. Je vous raconterai toute l'histoire.

Les villageois se dispersèrent en murmurant d'excitation. Quelques enfants voulurent rester pour regarder le dragon, mais ils se firent vite rappeler à l'ordre.

Lorsque Élias revint avec un verre d'eau, il affichait un air penaud.

— Est-ce que le monstre est parti ? souffla Mégane, qui reprenait peu à peu ses esprits.

— Chut... Bois, lui souffla son époux. Parfait. Rentrons. Élias va te préparer une coupe de vin chaud aux épices. Ça va te requinquer.

— Ce n'est pas de refus. J'ai eu une horrible hallucination, Raim. J'aurais juré avoir vu un dragon.

Élias voulut intervenir, mais Raim l'en empêcha d'un ton brusque :

— Aide-moi à transporter ta mère ! Prends garde. Elle a pu se cogner en tombant.

Élias releva sa mère en se mordant la lèvre. Son père avait raison : mieux valait ménager Mégane. Celle-ci était un tout petit bout de femme qui mesurait une demi-tête de moins que son fils. Raim et lui la conduisirent sans mal dans le séjour. Une fois installée dans son fauteuil préféré, Mégane reprit quelques couleurs.

Raim se tourna vers Élias.

— Fais chauffer un peu de vin et ajoutes-y les épices du placard du haut ; elles sont plus fraîches, le breuvage sera plus fort. Et... tant que tu y es, prépares-en deux coupes. Je vais en avoir besoin, moi aussi.

— Bien, Père.

Élias alla dans la cuisine, versa deux rasades de vin d'une outre dans une marmite qu'il suspendit au-dessus du feu. Il accrocha le récipient le plus loin possible des flammes : le vin était bon chaud, pas bouillant. Cela faisait plusieurs mois qu'Élias n'avait rien attrapé dans le placard du haut – le placard aux friandises. À sa grande surprise, il atteignit la boîte à épices sans avoir à grimper sur un tabouret. Il en saupoudra une pincée dans la marmite et rangea la boîte.

L'odeur de l'alcool en train de chauffer lui rappela de bons souvenirs. On ne servait du vin aux épices que lors des grandes occasions : le solstice d'hiver, le festival de l'été, ou les baptêmes. On organisait alors des banquets où retentissaient rires et cris de joie. Aujourd'hui aussi, c'était un jour de fête. Mais pas pour les parents d'Élias. Eux ne verraient pas les choses sous le même angle. Les prochaines heures allaient être difficiles.

— *Tu devrais leur annoncer ton départ*, le prévint Aurore. *Le temps presse.*

Chaque fois qu'Aurore s'adressait à lui, Élias trouvait cela de plus en plus naturel. Seulement, le lieu ne cadrait pas avec la situation. Jusqu'à présent, le garçon passait le plus clair de son temps près des fourneaux. À la cuisine, il y avait toujours quelque chose à faire.

Ici, dans les hautes plaines de la Fiquare du Sud, les gens menaient une vie simple axée sur la nourriture. Préparer à manger. Stocker. Échanger certaines denrées contre d'autres. On cultivait, on élevait, on attrapait, on chassait de quoi manger. Le reste, on le troquait sur les marchés ou avec les camelots. On ne gaspillait rien. Tout avait son utilité.

La cuisine était fonctionnelle et bien rangée. Couteaux, spatules, marmites, cuillères... chaque ustensile avait sa place. Des chapelets d'ail et d'oignons pendaient à des crochets ; des cruches et des récipients hermétiquement clos s'alignaient sur des étagères ou dans le garde-manger, presque plus vaste que la cuisine. Deux petites fenêtres laissaient entrer la lumière du jour. Par temps de pluie, on allumait des lampes à huile.

— Qu'est-ce que je vais leur dire, Auri ? chuchota Élias. Ma mère aura le cœur brisé.

— *Un jour, un vieux dragon sage m'a dit que, pour accomplir son destin, il fallait d'abord se construire une histoire. Le destin nous appelle, Élias. Nous devons partir pour construire notre histoire. Ensemble. Ton père n'est pas stupide. Il a déjà compris que tu allais le quitter.*

— Vraiment ?

— *Il l'a su dès qu'il m'a vue*, lui assura Auri. *Impossible de contester le lien qui unit un dragon à son cavalier. Notre rencontre était prévue depuis la nuit des temps. Désormais, rien ne peut nous séparer. Quoi que pensent tes parents, ils ne tenteront pas de t'empêcher de partir. Parle en toute franchise. Tes parents feront le reste.*

Auri avait raison. Lorsque Élias entra dans le séjour avec les deux coupes de vin chaud, Mégane avait les yeux embués de larmes. Raim lui avait déjà appris le sort qui attendait son fils.

Son père le considéra avec gravité.

— Va te chercher un verre, Élias, lui dit-il. L'heure est venue de porter un toast.

Raim ne plaisantait pas. Quelque chose avait changé en lui. Il paraissait... plus vieux. Comme si l'avenir de son fils pesait sur ses épaules telle une chape de plomb. Élias sentit son cœur se serrer. Ses parents devaient éprouver un chagrin déchirant. Les larmes lui vinrent aux yeux ; il les chassa d'un battement de cils. Interdiction de pleurer. Plus maintenant. Il n'était plus un bébé. Que penseraient les autres ? Élias se versa un gobelet de vin et haussa les épaules. Il se fichait des autres. Un cavalier-dragon ne devait pas se laisser aller à de telles futilités. Un cavalier-dragon avait des responsabilités. Un cavalier-dragon occupait un poste privilégié dans la société.

— *Bien. Tu commences à comprendre*, approuva Aurore.

Sans prendre la peine de répondre, le garçon rejoignit ses parents dans le séjour. La réalité le frappa de plein fouet. Des émotions contradictoires se lisaient sur le visage de Raim et de Mégane. La fierté le disputait à l'inquiétude. La peur de l'inconnu. La joie suscitée par la chance qui souriait à leur fils. Et par-dessus tout, un amour indéniable.

Raim leva sa coupe :

— À Élias, notre fils, homme et cavalier-dragon ! s'exclama-t-il. Nous te souhaitons bonheur et longue vie. Où que te mènent tes pas, n'oublie jamais qu'il y aura toujours pour toi une place autour de cette table.

Ils burent tous les trois. Raim versa quelques larmes, ce qui soulagea Élias. Le garçon n'avait plus honte de cacher les siennes. Mégane sanglotait. Tour à tour, son père et sa mère le serrèrent dans leurs bras. Leur étreinte lui fit du bien. Il se sentait chez lui, en sécurité. Rompre le contact lui laissa une étrange impression de vide. Dorénavant, il entamait une nouvelle vie. L'ancien Élias était mort. La seconde qui suivit, l'âme d'Aurore s'unit à la sienne. L'esprit du dragon et celle de son cavalier s'emboîtèrent à la perfection. Le vide était comblé.

Élias sentit la joie d'Auri affluer dans tout son être. Il sut que désormais il ne serait plus jamais seul. Le dragon ne remplacerait pas ses parents, mais sa présence marquait le commencement de la nouvelle vie d'Élias. Le garçon renaissait. Rien ne serait plus puissant que cette union invisible – ni les liens du sang ni ceux de l'amitié. La légende disait que la rencontre entre un dragon et son cavalier était décidée depuis la création du monde. Alors, nouveauté ? Destin immuable ? Élias détenait la réponse : le lien spécial qui le rattachait à son dragon était écrit dans les étoiles. Il n'éprouvait pas l'ombre d'un regret.

Nolita n'avait jamais ressenti une telle peur. Le monstre bleu l'avait terrorisée. Pour elle, c'était une créature de cauchemar, toute en cornes, en griffes et en crocs. L'incarnation de ses frayeurs les plus secrètes.

Hurlant à pleins poumons, elle regagna le couvert des arbres à une vitesse sidérante. Sur le sentier battu, ses pieds touchaient à peine le sol. Ses cheveux blonds flottaient derrière elle tel un drapeau doré.

Bientôt, Nolita fut enrouée à force de crier. Hors d'haleine, elle serra les dents et s'obligea à se calmer. Ne pas ralentir. Se concentrer sur le chemin de terre. Cela l'empêchait de penser au monstre, dont chaque détail était gravé au fer rouge dans son cerveau. Galvanisée par la peur, la jeune fille força l'allure, afin de mettre le plus de distance possible entre la créature et elle.

Plus qu'une demi-lieue avant d'arriver au village. À l'aller, Martre et elle avaient flâné à travers bois. Nolita parcourut le chemin du retour en moitié moins de temps. Elle s'engouffra dans sa chaumière et claqua la porte derrière elle.

Assise à une table, sa mère raccommodait une tunique de Balard.

— Déjà ? s'étonna-t-elle. Vous avez fait la course, Martre et toi ?

— Martre ! haleta Nolita. Je... J'ignore ce qu'elle est devenue. Il y avait ce... J'étais terrorisée. Je me suis enfuie. Comme je regrette !

Elle tremblait convulsivement ; des larmes ruisselaient sur ses joues. L'angoisse se lisait dans ses yeux. Soudain, l'inquiétude et le dégoût d'elle-même remplacèrent l'horreur et la crainte, et la submergèrent. Comment avait-elle pu abandonner sa sœur face au monstre ? Pourquoi ne l'avait-elle pas attendue ? La créature l'avait-elle dévorée ? Nolita se détestait. Elle ne pourrait jamais vivre avec la mort de Martre sur la conscience.

Sa mère posa la tunique et essaya de la raisonner :

— Allons. Inspire, et reprends ton histoire depuis le début. Qu'est-ce qui t'a effrayée ?

— Je dois me laver les mains ! s'exclama Nolita. Je *dois* me laver les mains !

Sa mère poussa un soupir résigné. Nolita avait toujours été obsédée par la propreté, mais au cours de ces derniers mois, cela avait empiré. Peu à peu, elle avait développé des manies. Elle se faisait du souci pour elle, sans trouver de solution à son problème. Qu'y faire ? Nolita semblait prise dans un cycle infernal. Lorsqu'elle était nerveuse ou en colère, elle se lavait les mains. On ignorait pourquoi, mais cela l'apaisait.

— Vas-y, capitula sa mère. Tu me raconteras ce qui s'est passé, pendant ce temps. Si Martre est en danger, nous devons lui porter secours sur-le-champ.

En bredouillant un assentiment, Nolita attrapa une bassine en cuivre, se pencha par la fenêtre ouverte et plongea le récipient dans la barrique d'eau qui se trouvait dehors. Sans cesser de trembler, elle alla poser la bassine sur la table, laissant une traînée d'eau derrière elle. Le savon était rangé à sa place. Dès que Nolita s'en saisit, un sentiment de paix l'envahit.

Elle se remit à parler :

— Il était affreux. Énorme. Effrayant. Plein de cornes, de crocs et d'ailes.

— Où l'as-tu rencontré ? interrogea sa mère en fronçant les sourcils.

— Dans la clairière, de l'autre côté de la forêt. Il nous a suivies. Enfin... je crois. Et j'avais l'impression que...

— Que quoi ?

— J'avais l'impression qu'il me cherchait, avoua-t-elle dans un souffle.

Ses larmes dégoulinaient dans la bassine.

— Eh bien, tu t'es fait des idées, la rassura sa mère. Arrête-moi si je me trompe : tu as vu un dragon ?

Nolita se frotta les mains avec une rage décuplée. Elle acquiesça sans quitter le savon des yeux.

— La peur te fait délirer, Nolita. Pourquoi, au nom de Treer, un dragon viendrait-il te chercher ? Si tu n'as pas aperçu son cavalier, c'est qu'il était au village – sans sa monture. C'est logique : tu imagines un animal de cette taille au milieu des habitations ?

Elle marqua une pause et demanda :

— De quelle couleur était-il ?

— B-b-bleu. Et il n'y avait p-p-pas de cavalier.

— C'était donc un dragon du jour. Voilà qui est rassurant. Quant au cavalier, probablement en mission, il a dû ordonner à son dragon de l'attendre à l'extérieur du village. Les dragons sont des créatures sensées et patientes. À mon avis, Martre ne risque rien, mais je vais quand même demander à quelqu'un d'aller jeter un œil dans cette clairière. Au cas où.

Au cas où quoi ? Au cas où le monstre voudrait dévorer Martre ? Les sauveteurs arriveraient trop tard. Sa mère ne comprenait donc pas : le dragon venait chercher Nolita – elle, et personne d'autre. La jeune fille en était sûre à deux cents pour cent. En fait, depuis des années, ce rêve la hantait : un jour, le dragon viendrait. Pour elle. Et aujourd'hui, le cauchemar était devenu réalité. Nolita n'était pas en sécurité au village. Elle devait fuir. Sans perdre une seconde. Sinon, le monstre la retrouverait.

La jeune fille chassa ses larmes d'un clignement d'yeux. Maintenant qu'elle avait les mains propres, elle se sentait un peu mieux. Et en prenant la décision de fuir, elle avait temporairement vaincu sa peur. Elle se sécha les mains et annonça à sa mère :

— Je vais jeter l'eau dans le fossé.

Une fois dehors, Nolita élabora un plan. Elle n'avait pas besoin d'emporter grand-chose. Un gros sac la ralentirait. Elle trouverait de quoi manger en route... Oui mais, quelle direction prendre ? Où se réfugier pour échapper à ce monstre ?

Elle déversa lentement l'eau sale dans le fossé et contempla le jet se mêler à la boue dans un glouglou quasi hypnotique. Tout à coup, une ombre passa au-dessus d'elle. La jeune fille leva la tête et son estomac se noua. Trop tard pour préparer son sac. *Il* était là. Nolita lâcha la bassine et se rua vers la forêt.

Chapitre cinq

L'embuscade

Élias avait été surpris par la réaction de ses parents : il s'attendait à pire. Quant aux villageois, ils lui réservèrent un accucil stupéfiant. Le soir même, les hommes organisèrent un rite de passage, au cours duquel Élias fut déclaré adulte. En guise de cadeau, il reçut une selle de cavalier-dragon. C'était un objet magnifique. Élias apprit du même coup la loi qui gouvernait toutes les communautés, petites ou grandes : les tanneurs de chaque village étaient tenus de fabriquer une selle de cavalier-dragon. Celui du village d'Élias n'avait pas failli à son devoir. Il tendit fièrement la selle au prêtre, qui la bénit avant de l'offrir au jeune homme.

Par crainte que les enfants ne nourrissent l'espoir de devenir cavaliers-dragons, les anciens les maintenaient dans l'ignorance. Ce n'était qu'une fois adultes qu'ils apprenaient ce qu'ils devaient savoir sur les dragons.

Ce système d'éducation comportait une faille évidente : les dragons venaient chercher des cavaliers à peine entrés dans l'adolescence. Comme tous les villageois, Élias ignorait l'histoire des dragons, et la place qu'occupaient leurs cavaliers dans la société. C'était frustrant. Quel était son rôle ? Ses obligations ? Son but ? Il savait qu'il n'aurait pas le temps de poser toutes ces questions, Auri était pressée de partir.

Une fois la cérémonie achevée, les femmes furent autorisées à se joindre aux hommes. Elles arrivèrent les bras chargés de cadeaux : une veste, un pantalon, des mitaines, un bonnet, des bottes en peau de mouton fourrée – l'équipement complet d'un cavalier-dragon ! Le pantalon lui était trop grand, cependant les femmes lui assurèrent que, bientôt, il lui irait comme un gant. Les mitaines et les bottes étaient à sa taille. La coiffe de cuir pourvue d'oreillettes s'attachait sous le menton. Où les villageois s'étaient-ils procuré ces articles ? Mystère. Il ne faisait pas souvent froid, dans cette région de Fiquare.

— *Ce n'est pas le moment de jouer aux devinettes*, intervint Auri. *Accepte ces présents et remercie ton peuple de ma part. Ce sont des cadeaux précieux ; tu t'en apercevras bien assez tôt.*

Ensuite, le forgeron fit don à Élias d'une épée. Elle était simple, ni très lourde ni très longue, mais aux yeux du jeune homme, c'était une merveille. Il admira le baudrier de cuir, qu'il pouvait attacher à la ceinture ou dans son dos, et dégaina la lame droite à la poignée de cuir. Il remercia le forgeron avec solennité, puis il remarqua que ses parents fronçaient les sourcils d'un air désapprobateur. Il espérait ne jamais devoir utiliser cette arme. Il n'avait jamais pris de leçons d'escrime ! Pour la énième fois, il se posa la question qui le taraudait depuis le début : quel était exactement le rôle d'un cavalier-dragon ?

— *Cette question nécessite une réponse très complexe. Nous en discuterons en chemin. Profite de ce moment : il est tout à toi. Nous partirons demain matin. Le destin attendra jusque-là. Pas après.*

Le message d'Aurore gonfla le cœur d'Élias. Incarner un cavalier-dragon était un honneur qui rejaillissait sur le village tout entier. Il se jeta à corps perdu dans la fête ; il aurait bien le temps de s'inquiéter de son sort. La soirée fut un tourbillon de musique, de pas de danse, de rires et de larmes, qui se prolongea jusqu'aux premières lueurs de l'aube.

Élias se força à ouvrir les paupières quelques heures plus tard. Il avait l'impression qu'on lui enfonçait des aiguilles dans les yeux. C'était tout nouveau pour lui : jamais il n'avait eu le droit de veiller, jusqu'à aujourd'hui. Il se fit violence pour s'extirper des couvertures : l'urgence se sentait dans chaque fibre de son dragon. Il fallait partir sans plus attendre. Lorsqu'il se lava et s'habilla, Élias ressentit un pincement au cœur : peut-être était-ce la dernière fois qu'il accomplissait ces gestes ici, dans la chaumière qui l'avait vu naître.

Il rassembla ses affaires avec un sentiment mitigé d'angoisse et d'excitation. Il avait l'impression qu'un poing lui tordait les viscères. Était-ce la faim, ou la nervosité ?

Quand il pénétra dans la cuisine, son père l'accueillit d'un « bonjour ! » enjoué.

— Assieds-toi, mon fils, lui dit Raim. Ta mère t'a préparé un petit déjeuner très spécial.

L'odeur de la nourriture lui souleva l'estomac. La veille au soir, Élias s'était tellement bâfré qu'il se croyait incapable de plus rien avaler. Pourtant, dès la première bouchée, il apprécia la saveur du plat. Il s'efforça de manger raisonnablement : assez pour se rassasier sans se rendre malade. Dans son esprit, il perçut l'amusement d'Auri.

— *Tu rigoleras moins quand je t'aurai vomi sur le dos*, répondit-il par télépathie en envoyant à Aurore une image éloquente.

— *Tu as intérêt à te retenir*, rétorqua-t-elle avec morgue. *Sinon, je te ferai astiquer mes écailles tout l'après-midi. Pareil comportement est indigne d'un cavalier-dragon.*

Non sans mal, Élias parvint à faire honneur aux mets de Mégane. Celle-ci ne cessait de le harceler de questions :

— C'est tout ce que tu manges ? Regarde comme tu es pâle ! Alors, c'est décidé : tu nous quittes aujourd'hui ? Pour où ? Quand nous reviendras-tu ?

Élias n'était absolument pas prêt à partir, mais Auri y tenait par-dessus tout.

— *L'Oracle nous attend*, insista-t-elle.

— Vas-tu enfin me dire qui est ce fameux Oracle ?

— *L'Oracle, alias le Grand Dragon Fantôme, réside en Orupée. Mes sens draconiques me disent que nous courons au désastre si nous retardons notre départ. Autre chose : si j'étais toi, je ne ferais pas de promesses en l'air. J'ignore combien de temps nous serons absents.*

Lorsque Mégane cessa enfin d'interroger son fils, elle avait les yeux rouges et bouffis.

— Ne t'inquiète pas, Mère. Je reviendrai, déclara Élias, perché sur le dos de son dragon. Allons-y, Auri, ajouta-t-il à mi-voix. Tâche de décoller sans à-coups, s'il te plaît. Je n'ai pas envie de m'étaler devant tout le village. Ce serait un peu gênant.

De ses mains gantées, Élias agrippa le pommeau de la selle, puis il glissa les pieds dans les étriers. Auri fit demi-tour et s'élança à travers champs. Le jeune homme se sentait plus à l'aise que lorsqu'il chevauchait à cru. Il avait mis un moment avant de comprendre où positionner la selle, et puis il avait trouvé : entre deux des piquants d'Auri. Une fois les sangles attachées, Élias avait affermi son assise. Atout non négligeable, la selle était très confortable. À présent, le cavalier abordait le vol avec une confiance nouvelle.

En quelques coups d'ailes, Aurore s'éleva dans le ciel.

— *Tiens-toi bien, Élias. Prêt pour le défilé aérien ?*

— Est-ce vraiment nécessaire ? s'enquit le jeune homme en essayant d'ignorer son trac.

— *Ton peuple a organisé une fête en ton honneur. À notre tour de lui rendre hommage. Je vais lui offrir un spectacle qu'il n'oubliera pas de sitôt.*

À peine la cime des arbres franchie, Auri changea de cap. Abaissant la pointe de ses ailes, elle effectua un large demi-tour en direction du village. Élias étouffa un hoquet de surprise. Sous ses épais vêtements, il ruisselait de sueur. Il n'aspirait plus qu'à une chose : voler à un rythme régulier et respirer de l'air frais. Les ailes puissantes d'Aurore battaient de plus en plus fort. Sauf que, cette fois, le dragon ne prenait pas de la hauteur, mais de la vitesse.

— *Dis-leur au revoir, Élias. Nous y sommes.*

Le jeune homme agrippa des doigts de la main droite le pommeau de la selle et agita le bras gauche, un peu crispé. Auri avait une idée derrière la tête. L'estomac d'Élias n'allait pas apprécier.

Lorsqu'ils atteignirent le village, ils volaient à une vitesse folle. Soudain, le dragon immobilisa les ailes et plongea en vol plané vers la foule qui poussait des acclamations surexcitées. Aurore se rapprocha dangereusement. Élias vit le sol passer avec une telle rapidité qu'il lui parut fondre et se déformer.

Le dragon effleura les crânes des villageois. Certains se jetèrent à terre, persuadés qu'Aurore allait les percuter. Puis Auri replia doucement les ailes, ce qui arracha un nouveau hoquet à Élias. L'air glissa sur les membranes du dragon, qui s'envola gracieusement au-dessus du village sans un seul coup d'ailes.

— *Leçon de vol numéro un : comment convertir la vitesse en hauteur avec un minimum d'efforts.*

Auri continua de grimper. Peu à peu, le souffle assourdissant se mua en une brise rafraîchissante. Une fois en bout de course, le dragon se remit à battre des ailes en cadence, puis il bifurqua vers le nord-est, sans interrompre son ascension.

— Ouh là ! s'exclama Élias en agitant une dernière fois le bras vers la foule. Ça, c'était un adieu inoubliable ! Et là, je parle en mon nom.

Un peu plus tard, alors qu'ils survolaient la vallée de Nehlée, Élias prit enfin la mesure de la situation.

— Où allons-nous ? voulut-il savoir.

— *Je te l'ai dit : en Orupée, voir l'Oracle.*

L'Orupée. Un continent situé à des milliers de lieues du village. Même à dos de dragon, le voyage durerait des jours, voire des semaines. Élias eut un petit sourire. Il était parti depuis quelques minutes à peine et il avait déjà parcouru une distance considérable. Jamais il n'était allé aussi loin.

— Où, exactement, en Orupée ? insista-t-il. J'ai regardé la carte avant de partir : c'est un continent immense. Et qui est cet Oracle, dont tu parles tout le temps ?

— *L'Oracle est une entité qui vit dans une grotte, dans les profondeurs d'une chaîne de montagnes de l'Orupée centrale. C'est le maître des dragons. D'aucuns racontent que l'Oracle est un dragon fantôme. Cela reste à prouver. On dit qu'il possède d'immenses dons prophétiques et que sa puissance est colossale. Une fois qu'un dragon a trouvé son cavalier, il est irrémédiablement attiré dans son antre. J'avoue que c'est une sensation étrange : irrésistible, mais ni effrayante ni désagréable.*

— Tu ne l'as donc jamais rencontré, en déduisit Élias. Comment peux-tu être sûre qu'il existe ?

— *Certains dragons de mon enclave l'ont déjà vu. Leurs témoignages concordent, même si l'Oracle ne leur a pas fait à tous la même impression. Une chose est sûre : les dragons ne mentent jamais. C'est une question d'honneur.*

Élias chercha un élément de comparaison.

— Alors l'Oracle est le dieu des dragons ?

— *Non. Les dragons ne vénèrent pas l'Oracle ; ils lui témoignent du respect. Ce n'est pas un créateur, mais il donne un sens à notre vie depuis des millénaires. Nous acquérons des connaissances et des pouvoirs dans l'attente de son appel. Le moment venu, il nous révèle notre mission. Une fois celle-ci menée à bien, notre vie prend tout son sens. Bon nombre d'humains passent leur existence à se demander pourquoi ils sont venus au monde. Nous, les dragons, le savons grâce à l'Oracle. Mes ancêtres m'ont raconté leur rencontre et leur quête. C'était fascinant. J'ai hâte d'y être. Et je pense que tu apprécieras cette entrevue, toi aussi.*

— Tu veux dire que je viens avec toi ? s'étonna Élias.

— *Nous ne faisons plus qu'un, à présent. Seule la mort*

pourra nous séparer. Telle est la conséquence du lien qui unit un dragon et son cavalier.

Élias savait qu'Aurore ressentait ses émotions. Incarner le cavalier d'Auri l'emplissait de joie. Pourtant, l'idée de partir à la recherche d'un dragon fantôme au cœur d'une montagne inconnue ne l'enchantait pas. Et s'ils ne trouvaient pas l'Oracle ? Pis : si c'était un imposteur ?

— *L'Oracle existe*, affirma Auri. *Je te le promets.*

Ils volèrent vers le nord-est pendant des heures. Ils étaient si haut qu'Élias eut l'impression d'embrasser le monde entier du regard. Émerveillé, il vit la savane défiler sous lui à un rythme régulier. Engoncé dans ses vêtements fourrés, il eut d'abord trop chaud. Puis, très vite, Auri prit de l'altitude, et le garçon fut heureux de pouvoir glisser ses doigts engourdis sous sa veste. À présent, le froid figeait sa transpiration, le baignant d'une moiteur désagréable.

En fin d'après-midi, quand Auri entama sa descente, Élias claquait des dents. Il ne sentait plus ses doigts. Sans son équipement, il se serait transformé en statue de glace.

Le dragon atterrit près d'un grand point d'eau où paissait un troupeau de cerfs. Dès qu'ils reconnurent le prédateur, les herbivores détalèrent. Certains s'enfuirent dans la prairie ; d'autres se précipitèrent vers un bouquet d'arbres. Avant même de l'avoir atteint, ils changèrent de direction et disparurent en quelques bonds agiles.

Élias voulut mettre pied à terre... mais le froid l'avait tétanisé. Il commença à paniquer.

— *Ça ne va pas ?* s'inquiéta Auri.

— J-j-j'ai si f-f-froid ! bredouilla-t-il.

— *Pas d'affolement. Tu vas vite te réchauffer. Excuse-moi : je n'aurais pas dû voler si haut. Je n'ai pas l'habitude de transporter un humain. Tu devrais boire un peu. Si tu n'arrives pas à déboucher ta gourde, va te désaltérer à l'étang. Ici, l'eau est pure, et l'endroit paisible. Je m'y suis déjà arrêtée, avant notre rencontre.*

Lentement, Élias ôta les pieds des étriers. Cela lui prit plusieurs minutes. Avec une grimace de douleur, il passa la jambe droite par-dessus le dos d'Auri et se laissa tomber à terre sans aucune grâce. Il s'affala sur le sol pour la deuxième fois. Heureusement, il n'y avait aucun témoin.

Aurore tourna la tête, plia son long cou et vint fourrer son museau tout contre lui.

— Le froid a drainé toutes mes forces, chuchota Élias. J'ai les membres engourdis et très mal à la tête. Ça va passer – le temps que le sang se remette à circuler.

À la deuxième tentative, il parvint à rester debout. Il s'éloigna du dragon en titubant... et s'arrêta net. Des silhouettes s'approchaient à vive allure. Élias perdit deux secondes cruciales : la première à comprendre qui courait vers lui et la seconde à formuler un avertissement dans son esprit. Aurore le devança. Elle poussa un rugissement de fureur qui ralentit momentanément les arrivants. Tous, sauf un.

— *DES CHASSEURS DE DRAGONS !* s'écria Auri. *Vite ! Grimpe sur mon dos !*

— Impossible ! geignit Élias. J'ai les jambes paralysées ! Sauve-toi, Auri ! C'est après toi qu'ils en ont !

— *Je viens juste de te trouver !* protesta Aurore. *Hors de question que je te laisse !*

— Va-t'en, je te dis ! Sinon, ils te tueront ! Pas le temps de discuter. File !

Les chasseurs s'étaient rapprochés en demi-cercle. Ingénieux. Ainsi, Auri était coincée entre le point d'eau et eux. Pour s'enfuir, elle devrait foncer dans le tas. Or, les chasseurs brandissaient des lances acérées.

— *Je vais revenir te chercher, Élias !* s'exclama-t-elle. *Essaie de leur échapper. Ils n'ont pas le droit de nous priver de notre destin !*

À ces mots, sous les yeux ébahis des chasseurs, elle déploya les ailes, fit volte-face et se jeta dans l'étang. Au premier coup d'ailes, Aurore s'éleva et glissa tel un cygne à la surface de l'eau. Le deuxième l'empêcha de replonger. Le troisième la propulsa dans les airs.

Élias regarda fuir son dragon avec un soulagement mêlé d'admiration. Son cœur battait à tout rompre. Puis il songea qu'il devait décamper, lui aussi. Il jeta des coups d'œil affolés autour de lui, et ses espoirs d'évasion volèrent en éclats. Un groupe d'hommes armés jusqu'aux dents le cernait de toutes parts.

L'un d'eux s'avança et fixa le cavalier de ses yeux vairons. D'un geste, il ordonna à deux chasseurs de s'emparer d'Élias. On l'empoigna sans ménagement par les épaules.

— Le dragon femelle va revenir, affirma Kasau à voix basse.

La conviction de son ton et la froideur de son regard firent frémir Élias. L'homme le dévisagea, scruta le dragon qui s'éloignait et lâcha :

— Elle n'ira pas loin : nous tenons son cavalier.

Chapitre six

La voix

— *Stop !*

Nolita ralentit une fraction de seconde. Elle glissa, tituba et fouilla les bois du regard. Qui avait crié ? Ou plutôt, qui avait *parlé* ? Ce n'était pas un ordre, plutôt une prière. Nolita ne voyait personne. Or, la voix lui avait semblé étrangement proche. Comme si on lui avait chuchoté le mot à l'oreille.

La jeune fille se remit à courir. Elle avait dû rêver, une fois de plus. Au village, certains considéraient ses rêves comme un don. Nolita, elle, y voyait une malédiction. Car, invariablement, ils tournaient au cauchemar.

Tout à coup, le monstre atterrit derrière elle dans un bruit d'ailes froissées. Sans se retourner, Nolita franchit le ruisseau d'un bond. Sa mère avait raison, lorsqu'elle disait que la peur donnait des ailes : la jeune fille parut rester suspendue dans les airs durant une éternité. Une fois de l'autre côté du cours d'eau, elle fusa à travers bois telle une biche effarouchée, zigzaguant entre les arbres et se baissant pour éviter les branches.

— *Je t'en prie, reviens ! Je ne te veux aucun mal !* fit la voix.

Cette fois, Nolita l'avait perçue distinctement. Dans sa tête. Cela devait arriver : voilà qu'elle perdait la raison. À moins que... À moins que ce ne soit le monstre qui lui parle ? La jeune fille chassa cette idée ridicule d'un claquement de langue.

— *Il y a si longtemps que j'attends cet instant, Nolita*, reprit la voix. *Arrête-toi, s'il te plaît.*

Le monstre connaissait son nom ! L'effroi de la jeune fille grimpa d'un cran. Quand Nolita avait vu la créature, dans la clairière, elle avait été frappée de terreur. Elle avait fui une réalité. Une réalité concrète. Mais comment échapper à une voix dans sa tête ? L'épouvante l'enveloppa à la manière d'un suaire glacé.

Les branches lui lacéraient les bras, le visage, la poitrine. Les plantes rampantes et les ronces lui agrippaient les chevilles. Nolita s'en moquait. Elle courait droit devant elle.

Soudain, son pied se prit dans une racine. Elle fit un vol plané en battant des bras et atterrit tête la première dans les fourrés. Sous le choc, ses poumons se vidèrent.

Elle mit quelques instants à récupérer, haletante et à demi suffoquée. La voix dans sa tête était partie. Victoire ! Puis elle sentit quelque chose en elle. Le monstre avait établi avec elle une sorte de... de lien ! Nolita percevait sa présence, alors que la créature s'était envolée.

Tout en reprenant le contrôle de sa respiration, elle s'examina sous toutes les coutures. Hormis quelques égratignures, elle était indemne. Après sa chute spectaculaire, c'était un vrai miracle. Elle frémit en songeant à ce que le monstre aurait pu lui faire si elle l'avait écouté.

Le monstre. Après cet échec, il devait être très en colère. Nolita n'avait pas succombé au charme de sa voix mielleuse. Qu'allait-il faire, à présent ? L'atten dre au hameau ? Les villageois vénéraient les créatures de son espèce. Tous, sans exception, y compris sa mère, qui lui aurait interdit de s'enfuir. Mais puisqu'elle l'ignorait, elle ne pourrait pas lui en tenir rigueur. Tant mieux. Nolita détestait désobéir à Mère.

La jeune fille se ressaisit. Elle devait s'organiser. Un, rassembler des provisions. Où ? Au village ? Hors de question. C'était trop dangereux. Elle trouverait de quoi manger dans la forêt. Deux, dénicher de l'eau. Sans eau, elle ne survivrait pas. Elle avait encore sa gourde accrochée à sa ceinture, plus son couteau, dont elle ne se séparait jamais.

Et ensuite ? Elle aurait besoin de vêtements de rechange. De toiles huilées pour se protéger de la pluie. D'un arc et de flèches. Nolita était confiante : ce qu'elle ne pourrait pas fabriquer, elle le volerait en chemin.

— Je ne reviendrai jamais, murmura-t-elle. Les adultes ne comprendraient pas. Je les entends d'ici : « Tu dois le respect à ces créatures et à leurs cavaliers, et patati, et patata. » Balivernes ! Je ne me laisserai pas sacrifier comme une chèvre sur un autel ! Plutôt mourir seule, au fin fond de la forêt !

La forêt de Riquamée du Nord était immense. Même en parcourant des centaines de lieues, elle serait en sécurité. Le monstre était trop gros pour la suivre. Avec un minimum d'astuce et de sang-froid, elle lui échapperait pour de bon.

Cependant, un détail la tarabustait : la créature était entrée dans son esprit. Très contrariée par cette intrusion, Nolita se gratta le cuir chevelu. Elle éprouvait une furieuse envie de se laver la tête. De la frotter jusqu'au sang. Mais pour cela, elle devait rebrousser chemin jusqu'au ruisseau. Autant se jeter dans la gueule du loup. De plus, elle savait qu'un bon nettoyage ne suffirait pas à faire disparaître cette présence. Le monstre était là, en elle, bien caché. Hors d'atteinte d'un morceau de savon.

Elle épousseta ses vêtements du dos de la main et se releva en chancelant. Les estafilades la picotaient, et elle avait des bleus sur la poitrine et à l'épaule. Curieusement, elle choisit de focaliser son attention sur ses égratignures. La douleur l'aidait à vaincre la peur. Sans même jeter un regard en arrière, elle s'enfonça dans la forêt à une allure raisonnable. Adieu, maison, famille et amis ! Et adieu, le monstre !

Chapitre sept

Kira

— Désarmez-le et amenez-le-moi, commanda l'homme aux yeux vairons.

— À tes ordres, Kasau.

Si l'homme avait parlé d'une voix douce, les chasseurs traitèrent Élias avec rudesse. En un éclair, ils arrachèrent son épée du fourreau, s'emparèrent de son sac à dos et le traînèrent jusqu'au bouquet d'arbres. Élias fit une croix sur ses projets d'évasion. Il pouvait à peine remuer, et encore moins courir.

Lorsqu'il atteignit l'orée de la petite zone boisée, Élias sentait de nouveau ses mains et ses pieds. Le sang bouillonnait sous sa peau. Il en éprouva un plaisir douloureux : il pouvait enfin marcher seul. On le conduisit à l'endroit où les chasseurs avaient dressé le camp. Ses gardiens le jetèrent sur le sol, près du brasero. L'impact lui coupa le souffle. Il toussa et attendit que ses poumons se remplissent pour s'asseoir.

Kasau était un homme pragmatique, qui n'aimait pas perdre son temps. Il ordonna aux deux gardes de surveiller le prisonnier et rassembla ses chasseurs d'un geste de la main.

— Nous devons poser les pièges avant la nuit, intima-t-il. Le dragon arrivera par l'est, lorsque ses pouvoirs seront à leur maximum. À l'aube. Nous nous concentrerons donc sur la lisière est.

— Ses pouvoirs ? Quels sont-ils ? demanda quelqu'un.

— Tu tiens vraiment à le savoir ? répliqua Kasau.

— Oui. Je n'ai jamais vu de dragon de l'aube.

— Je ne suis sûr de rien, admit Kasau. J'ai tiré mes propres déductions à partir des rumeurs que j'ai entendues. Qui connaît cette espèce ?

Silence absolu.

— Toi, petit ! feula Kasau en braquant ses yeux vairons sur Élias. Connais-tu les pouvoirs de ton dragon femelle ?

Élias défia son ravisseur du regard. Kasau secoua la tête.

— C'est bien ce que je pensais, déclara-t-il. Tu l'as rencontrée hier. Tu ignores tout à son sujet. Soyons logique : même si elle sait cracher du feu, je doute qu'elle prenne le risque de blesser son cavalier. Quelques pièges à dragon choisis avec soin suffiront à la capturer.

Il se tourna vers deux chasseurs, un gros et un petit :

— Tembo ! Husam ! Prenez trois hommes et allez poser des collets à l'ouest du taillis ! On ne sait jamais. S'il nous reste du temps, nous en mettrons aussi au nord et au sud. Vous deux ! ajouta-t-il à l'intention des gardiens d'Élias. Ne quittez pas le prisonnier des yeux. S'il s'échappe, je vous étripe !

Kasau scruta les hommes de son regard hypnotique. La tension était palpable. Soudain, il tourna les talons et se dirigea vers la lisière est du petit bois. Onze hommes lui emboîtèrent le pas. Élias essuya la sueur glacée qui perlait à son front. Qu'est-ce qui le troublait chez ce traqueur à la voix feutrée ? Ses yeux de couleur différente ? Plutôt cette aura glaciale, qui le rendait presque inhumain.

Élias resta immobile pendant un long moment. Ses gardiens l'observaient sans répit. Au moindre mouvement, ils lui sauteraient dessus à bras raccourcis. Sous le soleil de la fin d'après-midi, le jeune homme commençait à cuire. Il portait deux couches de vêtements : ses habits ordinaires, plus son équipement de cavalier-dragon. Son mal de tête revint en force. Sourde et lancinante, la douleur lui martelait le crâne. N'y tenant plus, Élias prit le risque de demander à boire et la permission d'enlever son costume de cuir.

Les gardiens réfléchirent à sa requête. Leur délibération dura plusieurs minutes. Enfin, lorsqu'ils eurent décrété que leur prisonnier ne pouvait pas s'enfuir avec un gobelet d'eau, ils lui tendirent une timbale de liquide saumâtre. Élias but avec avidité. Cela étancha sa soif, sans pour autant apaiser son mal de tête. Il était trop déshydraté. Pour s'en débarrasser, il fallait dormir... Dormir ! Alors que ces hommes se préparaient à tuer son dragon ?

— *Ne viens pas, Auri*, pensa-t-il. *Ils sont en train de poser des pièges. Ne viens pas...*

Élias répéta l'avertissement en boucle dans son esprit. Il se représenta le dragon pris au piège et projeta l'image aussi loin que possible. Il ignora les coups de cymbale qui résonnaient dans sa tête.

— *Ne viens pas, Auri...*

Lorsque Kasau surgit de nulle part, la lueur du jour déclinait sous les arbres.

— Laisse tomber, petit. Elle ne t'entend pas, susurra le chasseur de sa voix posée.

Élias sursauta :

— Comment avez-vous deviné que je lui parlais ?

— Je l'ai lu sur ton visage. La télépathie ne fonctionne pas à distance. Tu peux tout aussi bien t'égosiller ; elle ne t'entendra pas.

— Qu'est-ce que vous en savez ?

— J'ai des années de pratique derrière moi. Les dragons n'ont aucun secret pour moi. Tous maîtrisent la télépathie, mais seulement dans un rayon d'une centaine de pas. Une fois – une seule –, j'ai assisté à un contact mental sur une distance plus longue. Mais c'était exceptionnel.

— Alors pourquoi avez-vous dit aux autres que

vous n'aviez jamais vu de dragon de l'aube ? s'entêta le jeune homme.

Le regard de Kasau se perdit dans le vague.

— C'est la vérité. Les dragons de l'aube sont extrêmement rares, souffla-t-il. Jusqu'à hier, je pensais même qu'ils n'étaient qu'une légende. La capture d'une telle créature sera le couronnement de ma carrière.

— Pourquoi faites-vous ça ? s'indigna Élias. Vous prétendez connaître les dragons ; vous savez donc que ce sont des créatures nobles, amicales et intelligentes. De plus, seule la chasse aux dragons solitaires est autorisée. Les Suzerains protègent tous les autres dragons, même ceux de la nuit. Quelle est la peine encourue pour le meurtre d'un dragon ?

— La mort, répondit Kasau sans émotion. Et ma seule motivation, c'est l'or. Crois-moi : le jeu en vaut la chandelle.

Élias fut incapable de dissimuler son dégoût :

— Alors vous allez risquer votre vie pour quelques piécettes ?

— Quelques piécettes ? Ton dragon doré vaut une véritable fortune ! N'importe quel magicien vendrait père et mère pour s'offrir un morceau de sa corne ! On se bousculera à ma porte pour acheter ses os, ses écailles, ses yeux, ses griffes, ses dents... Et moi, je serai plus riche que tous les Suzerains réunis. Qu'est-ce que tu dis de ça, hein ?

Élias n'avait pas envie de répondre. Cet homme lui donnait la nausée. Toutefois, il y avait quelque chose qui clochait. Le chasseur de dragons lui cachait un élément important. Il ne mentait pas au sujet du prix que valait Aurore, mais Élias n'avait pas vu d'étincelles dans ses yeux lorsqu'il avait parlé d'or. Or, tous les hommes cupides s'animaient d'un feu passionné quand ils évoquaient leur richesse future. Kasau, lui, était resté de marbre. Il n'abattrait pas Aurore pour de l'argent.

Alors pourquoi ? Pour le plaisir de tuer ? De vaincre un adversaire cent fois plus redoutable que lui ? Non. Il nourrissait de plus noires intentions. Et ce n'était pas un cavalier-dragon de quatorze ans qui allait les contrecarrer.

— Il va falloir que je t'attache, petit, annonça Kasau. Je n'ai pas assez confiance en mes hommes. Tout à l'heure, ils allumeront un feu. Ainsi, tu n'auras pas froid. Mets tes mains derrière le dos.

Élias décocha au chasseur un regard de défi et ne bougea pas d'un pouce. Ce dernier afficha un air froid, impassible et cruel.

— Tu préfères la méthode musclée ? Comme tu voudras.

Kasau sortit une cordelette de sa poche et en noua chaque extrémité pour former un garrot. Élias tint bon durant quelques battements de cœur, puis poussa un soupir résigné.

— Tu n'es pas si bête, en fin de compte, asséna son ravisseur.

Il attacha les poignets d'Élias comme s'il avait fait cela toute sa vie. Le jeune homme tenta en vain de desserrer ses liens. Ces nœuds étaient l'œuvre d'un professionnel. Kasau lui garrotta aussi les chevilles et lui donna un petit coup dans le dos. Déséquilibré, Élias s'effondra à terre. Le chasseur de dragons s'empara d'une troisième cordelette et rassembla poignets et chevilles. « Formidable ! songea Élias avec amertume. Il ne manque plus qu'une broche, et il pourra me faire rôtir à petit feu. »

Kasau avait bien travaillé : Élias pouvait s'allonger sur le flanc, mais pas se retourner. Honteux et impuissant, il sentit des larmes naître dans ses yeux. Une journée. Voilà le temps qu'avait duré son statut de cavalier-dragon. Il avait échoué. Et maintenant, Aurore allait mourir.

— Inutile d'essayer de fuir, petit. Repose-toi. Et pas de panique : je te relâcherai dès que nous aurons capturé ton dragon.

Kasau mentait. Il allait le tuer. C'était obligé. Élias devait s'échapper.

Dès que la nuit enveloppa le camp, les gardiens allumèrent un feu et s'assirent pour se réchauffer les mains. Ils entamèrent une conversation animée, à propos de la façon dont ils allaient dépenser leur or. Discrètement, Élias tenta de défaire ses liens.

Il passa la soirée à tâter le sol, dans l'espoir de dénicher une pierre aux arêtes tranchantes, ou un objet suffisamment dur pour couper la corde. Il se tortilla comme un ver, parvenant ainsi à tromper la vigilance des gardiens, qui croyaient qu'il cherchait une position plus confortable. À chaque mouvement, le jeune homme se déplaçait de quelques centimètres. Au bout d'une demi-heure, il décida de changer de tactique. Il se tourna pour que les gardes ne le voient pas et tira sur la corde de toutes ses forces. Il crut qu'il allait se briser les poignets. Lorsque la douleur devint insupportable, Élias reprit son souffle. Les nœuds étaient toujours aussi serrés.

Tard dans la nuit, épuisé, Élias sombra dans un sommeil agité. Il se réveilla en sursaut quelques heures après. Il avait des fourmis dans les mains, les pieds et le bras droit.

Soudain, la voix d'Auri résonna dans son esprit :

— *Courage, Élias. J'arrive.*

Le jeune homme se concentra pour formuler des pensées aussi claires que possible :

— *Non, Auri ! Reste où tu es ! Ils ont truffé le bois de pièges ! Ils vont te tuer !*

Au même instant, Kasau secoua les hommes qui dormaient sous des couvertures.

— La voilà, murmura-t-il. Tous à vos postes.

Malgré son angoisse et son affolement, Élias ne put s'empêcher d'admirer l'efficacité des chasseurs. Ils se fondirent sous les arbres dans le silence le plus total. L'aube était encore indécise. Kasau vérifia les liens de son prisonnier.

— Ce sera bientôt fini, souffla-t-il d'une voix où perçait l'excitation.

— Va brûler en enfer ! gronda Élias.

Impassible, l'homme aux yeux vairons fit volte-face. Élias lui cracha dans le dos. Sans même se retourner, Kasau se dirigea vers la lisière est du bois. Trois secondes plus tard, Élias était seul. À côté de lui, les braises éclairaient le camp d'une lueur rouge.

— Ils ont gagné, se lamenta-t-il à voix haute. Je leur ai servi d'appât. Maintenant, ils n'ont plus besoin de moi. La preuve : ils n'ont même pas pris la peine de laisser quelqu'un pour me surveiller. Je n'ai pas réussi à m'échapper. C'est terminé.

— Pas encore, lui murmura une voix féminine à l'oreille.

Élias crut que son cœur allait cesser de battre.

— Qui est l... ?

— Chut !

La corde qui reliait ses poignets et ses chevilles céda d'un coup. Élias étira les jambes. Enfin libre ! Ensuite, on trancha ses derniers liens. Le jeune homme tenta de bouger, mais une gigantesque contracture l'en empêchait.

— Dépêche-toi ! siffla la fille. Fichons le camp d'ici !

— Impossible, répliqua Élias, mort de honte. J'ai des fourmis dans les pieds et des crampes dans les mollets.

— Appuie-toi sur mon bras, proposa sa sauveuse. Il faut partir. Aurore ne va pas tenir très longtemps.

— Qui es-tu ? interrogea Élias. Et comment connais-tu Aurore ?

— Je m'appelle Kira, répondit-elle. C'est Dent-de-Sabre, mon dragon, qui m'a dit comment se nommait le tien. Nous verrons tout ça plus tard. Il y a urgence.

Élias sentit son cœur s'accélérer. Cette fille était une cavalière-dragon ! Ils avaient peut-être une chance de s'échapper, finalement. Le jeune homme s'empara de son équipement posé en tas à deux pas de lui. Il enfonça son bonnet sur la tête, enfila sa veste comme il put, fourra ses gants dans les poches, son pantalon sous le bras, et jeta son sac à dos sur l'épaule. Aucune trace de son épée. Peu importait. Il ne savait pas la manier, de toute façon. Brandir une arme ne servirait qu'à attiser la colère des chasseurs, qui ne feraient de lui qu'une bouchée.

Quand le sang se remit à circuler dans ses membres, Élias éprouva une douleur insoutenable. Kira le releva, passa le bras gauche du jeune homme autour de ses épaules et le droit autour de sa taille. Dans la pénombre, Élias vit qu'elle était mince, presque aussi grande que lui, et dotée d'une force surprenante.

— Allez, viens ! murmura-t-elle entre ses dents.

Les jambes du jeune homme ne lui obéirent pas tout de suite. Soutenu par Kira, il boitilla vers les arbres. Élias estima qu'ils se dirigeaient vers le nord-ouest. Derrière eux, Auri poussa un rugissement de défi. Avec le raffut qu'elle faisait, les chasseurs n'auraient aucun mal à la repérer.

— Ne te retourne surtout pas, l'avertit Kira.

— Mais... Et les pièges ? protesta Élias.

— J'en fais mon affaire. Je sais où ils sont. Sabre nous attend à l'orée du bois. Droit devant.

Peu à peu, la douleur diminuait. Élias avait l'impression qu'on lui enfonçait un million d'aiguilles chauffées à blanc dans les mains et dans les pieds, mais il savait que la sensation ne durerait pas. Lorsqu'ils atteignirent l'extrémité ouest du bois, il put enfin marcher seul. Ses espoirs s'envolèrent en un claquement de doigts : le dragon de Kira n'était pas là.

Soudain, une lueur dorée, puissante, aveuglante, illumina le paysage derrière lui. Les chasseurs de dragons poussèrent des cris émerveillés... qui se transformèrent aussitôt en hurlements de douleur. Élias voulut se retourner. Kira l'en dissuada :

— Si tu regardes, tu perdras temporairement la vue. Attends-moi ici ; j'en ai pour cinq secondes, ajouta-t-elle en le lâchant.

Le cavalier-dragon n'en croyait pas ses yeux : Kira escaladait une masse invisible. Là, juste devant lui ! Il cligna des paupières. La jeune fille s'assit à califourchon dans les airs et lui tendit la main.

— Grimpe ! s'écria-t-elle. Qu'est-ce que tu attends ? Le déluge ? Sabre nous ordonne de décoller sur-le-champ ! L'homme étrange vient de découvrir ton évasion. Il arrive !

Élias saisit la main de Kira et leva la jambe pour prendre appui dans le vide. À sa grande surprise, son pied se cala sur la patte d'un dragon. À l'évidence, Sabre maîtrisait l'art du camouflage. Élias aurait pu passer à dix centimètres de lui sans même soupçonner sa présence. Il rejoignit Kira sur le dos du dragon, s'installa derrière elle et referma à tâtons les doigts sur un piquant invisible.

— Tu as déjà monté à cru ? chuchota la cavalière.

— Une fois seulement.

— Alors accroche-toi. Pour se défendre, les dragons du crépuscule se fondent dans le paysage comme des caméléons. C'est très efficace, mais voler à l'aveuglette exige un certain nombre d'heures de pratique.

Élias ne mettait pas la parole de Kira en doute. Il sentit que Sabre se levait et vit le bois s'éloigner. Kira lui jeta un coup d'œil.

— Gare au décollage ! s'exclama-t-elle.

Heureusement, Élias avait déjà volé. Il s'était préparé à la brusque accélération et au premier battement d'ailes du dragon. Il ressentit les fourmillements familiers au niveau du ventre. Il eut envie de hurler de joie. Ils avaient réussi ! Ils avaient échappé aux chasseurs de dragons !

Chapitre huit

La fuite

Toujours posté à la lisière est du bois, Husam n'entendit pas Kasau arriver. Le chef parut se matérialiser juste à côté de lui. Comment pouvait-on se déplacer aussi silencieusement ? Le sol était jonché de feuilles et de brindilles, mais Kasau semblait marcher sur un coussin d'air. Husam en avait la chair de poule.

De l'autre côté du bois, à une centaine de mètres de la lisière, le dragon de l'aube femelle allait et venait en frappant le sol de ses énormes pattes dorées. Toute proche, et pourtant hors de portée des javelots. Était-elle stupide, ou au contraire rusée ? À nouveau, la créature fit volte-face et abattit sa queue sur un gros buisson. Manifestement, elle était très en colère. Elle semblait aussi attendre quelque chose. Husam ne comprenait pas. C'était elle qui avait attiré l'attention des chasseurs. Elle encore qui les avait laissés prendre position. À sa place, n'importe quel dragon aurait foncé à travers bois au pas de charge.

— Elle attend le lever du jour, susurra Kasau. Elle passera à l'action dès que le soleil apparaîtra à l'horizon.

Autant dire dans une poignée de secondes. À l'est, le ciel pâlissait à vue d'œil.

Brusquement, l'étrange traqueur se raidit.

— Il y a un autre dragon ! s'exclama-t-il dans un souffle.

Aussitôt, Husam suivit le regard de Kasau, mais ce dernier fixait le vide. Il paraissait en transe.

D'instinct, Husam fit le geste de protection que lui avait appris sa mère quand il était petit. Il avait envie de fuir à toutes jambes.

— Par les dieux ! marmonna Kasau. Celle-là, c'est une sacrée maligne ! Elle a envoyé quelqu'un d'autre délivrer son cavalier !

Le chef des chasseurs sortit de sa transe aussi soudainement qu'il y était entré. Il se tourna d'un bloc vers Husam et lui lança un regard pénétrant. Son subalterne en fut glacé d'effroi.

— Va chercher Tembo, lui ordonna-t-il. Vite !

Husam obtempéra sans piper mot. Il traversa les fourrés et rejoignit son ami.

— Regarde ! fit Tembo dans un murmure rauque. Elle commence à luire ! N'est-elle pas magnifique ?

Husam coula un bref regard vers le dragon de

l'aube, qui paraissait en effet s'illuminer de l'intérieur.

— Ce n'est pas le moment, haleta-t-il. Prends tes armes. Kasau a besoin de nous.

Le géant le suivit en grommelant. Les deux hommes coururent à travers bois jusqu'au campement, où Kasau examinait les cordes du prisonnier. On avait tranché les liens. Aucun dragon n'était capable d'une telle prouesse. Le cavalier-dragon avait un complice. Un complice humain.

— Tenez-vous prêts, intima Kasau à voix basse. L'autre dragon n'est pas loin.

— Quel autre... commença Tembo.

D'un geste, Husam fit taire le colosse. Kasau s'élança dans les taillis, les deux chasseurs sur ses talons. La seconde d'après, un éclair flamboyant explosa derrière eux, puis se sépara en rais de lumière dorée. Des cris de douleur et de stupéfaction déchirèrent le silence. Sans réfléchir, Husam et Tembo regardèrent en arrière. Par bonheur, les arbres agirent comme un écran. Filtrée par le feuillage, l'immense lueur ne les aveugla pas. Husam songea aussitôt que Kasau avait peut-être eu moins de chance. Il le chercha des yeux et en resta bouche bée : le chef ne s'était même pas arrêté ! Sans un bruit, il fendait les broussailles d'un pas déterminé.

— Ce n'est pas un homme, c'est une machine ! articula Husam avec un mélange d'horreur et de fascination.

Lorsque les trois chasseurs atteignirent l'orée du bois, Husam stoppa net. Le jeune cavalier-dragon et une fille d'à peu près son âge flottaient dans les airs. Sous leurs pieds, le paysage oscillait comme derrière une brume de chaleur. Ils s'éloignaient à pleine vitesse.

— Sorcellerie ! cracha Husam dans sa barbe.

Sans hésiter une seconde, Kasau prit son élan et, en un jet puissant, envoya son javelot vers les fuyards. L'arme décrivit un arc de cercle, parut rester suspendue dans le ciel, puis plongea vers sa cible.

Elle manqua les deux humains, mais s'enfonça dans la brume qui les entourait. Un rugissement fracassant retentit, et un dragon gris anthracite se matérialisa dans les airs. La lance était fichée dans sa cuisse jusqu'à la hampe. Les deux cavaliers se retournèrent. Même d'aussi loin, Husam distingua leur expression horrifiée. Sans être mortelle, la blessure était très profonde.

À présent hors de portée, les fugitifs continuaient à prendre de l'altitude. Kasau dévisagea Husam. Longtemps. Puis ce fut au tour de Tembo. Ses yeux lançaient des éclairs de fureur.

— Expliquez-moi pourquoi vous n'avez pas tiré, lâcha-t-il sur un ton menaçant. Nous aurions pu abattre ce dragon. L'or ne vous intéresse-t-il plus ? L'enjeu a augmenté : à présent, nous ne chassons plus *un* dragon rare, mais *deux*.

— Ce dragon du crépuscule a une cavalière, objecta Husam.

— Et après ? Le dragon de l'aube aussi ! La cavalière doit avoir le même âge que le garçon. L'enclave du dragon du crépuscule se trouve en Ratalusie, à l'autre bout du monde. Vous pensez vraiment qu'il a eu le temps d'y aller et d'en revenir ? Ce qui veut dire que la confrérie des cavaliers-dragons ignore l'existence de ces deux-là. Vous n'avez donc pas de cervelle ?

Husam et Tembo auraient bien voulu lui répondre que plus ils passaient de temps avec lui, plus ils se sentaient mal à l'aise. Le chef des chasseurs leur cachait quelque chose. Comment avait-il su, pour l'autre dragon ?

Husam avait envie de laisser tomber, mais il ne pouvait plus reculer : le garçon avait vu son visage. Mentalement, il énuméra les chefs d'accusation : rapt d'un cavalier-dragon et tentative de meurtre sur un – non, deux dragons. Il n'échapperait pas à la peine capitale. Comme les autres chasseurs, Husam était mouillé jusqu'au cou dans cette affaire. Mieux valait finir le travail en vitesse et déguerpir avant qu'on ne découvre la vérité.

Le dragon doré vint à la rencontre du dragon gris. Les deux créatures firent demi-tour et s'éloignèrent rapidement.

Sans quitter les dragons des yeux, Kasau ordonna :

— Allez chercher les autres. Il faut lever le camp

sur l'heure. Les dragons se dirigent vers le nord. Il n'y a rien, là-bas, à part la savane. Avec une blessure pareille, le dragon du crépuscule n'ira pas loin. Si nous poussons les chevaux, tout sera terminé avant ce soir.

Lorsqu'il entendit le cri de douleur de Dent-de-Sabre, Élias sentit son cœur s'affoler. Il se retourna à demi et aperçut la lance plantée dans la cuisse du dragon, redevenu visible. Sabre était touché ! Ils allaient s'écraser !

Et puis, le dragon s'éleva vers les nuages. Élias crut déceler du dépit sur le visage de Kasau. Ses deux acolytes et lui suivirent le dragon des yeux. Celui-ci gagna de la hauteur, revint vers les bois et passa au-dessus des arbres sans être inquiété. Même les arcs les plus puissants n'auraient pu l'atteindre. Aurore les rejoignit, et les deux dragons bifurquèrent vers le nord.

— *Tout va bien, Élias ?* s'enquit Auri.

— *Je n'ai rien, mais Dent-de-Sabre est blessé*, répondit le jeune homme par la pensée. *Est-ce que c'est grave ?*

— *Je crois que oui. La lance s'enfonce un peu plus à chaque battement d'ailes. Il souffre énormément.*

— *Que faire ?* demanda Élias avec angoisse.

— *D'abord, mettre le plus de distance entre ces chasseurs et nous. Ensuite, nous irons trouver un guérisseur.*

— *Qu'est-ce que c'était, cette immense lueur ?* voulut savoir le jeune homme.

— *Disons que j'ai donné aux chasseurs un léger aperçu de mes pouvoirs*, répliqua Auri, énigmatique.

Le ton serein d'Auri rassura Élias. Même si elle était inquiète pour Sabre, sa voix ne trahissait aucune émotion. Pourtant, le jeune homme savait qu'ils étaient loin d'être tirés d'affaire.

Les deux dragons adoptèrent un rythme de croisière. Élias sentit son cœur se gonfler d'allégresse. Cette fois, le vent qui lui caressait les cheveux et lui sifflait dans les oreilles semblait chanter un air particulier. Comme les cavaliers n'avaient pas enfilé leur tenue spéciale, les dragons volaient à moyenne altitude, mais plus vite que jamais. À ce rythme, ils seraient en sécurité en un rien de temps.

— *Tu te trompes*, intervint Auri. *C'est une illusion d'optique. Hier, en altitude, tu avais une large vision du paysage. À cette hauteur, ton champ de vision est plus restreint. Le sol te paraît défiler beaucoup plus vite, mais nous volons à vitesse réduite.*

— *Ah bon ? Merci pour l'information*, répondit Élias, mortifié.

Il décida qu'il était temps de remercier Kira. Il lui tapota l'épaule. La cavalière se retourna.

Élias distingua enfin son visage. Quatre séries de points blancs en forme de demi-lune soulignaient chacun de ses yeux. Des traits obliques, rouge vif, lui striaient les joues. Kira appartenait à une tribu du sud de la Fiquare. Elle avait rassemblé ses épais cheveux noirs en une tresse qui lui tombait dans le dos.

Ses yeux marron foncé, ourlés de longs cils sombres, transpercèrent le jeune homme.

— Je te suis reconnaissant pour ce que tu as fait, lui dit-il. Sans toi, je...

— Inutile de me remercier, l'interrompit-elle d'une voix glaciale. C'est Sabre qui a insisté pour que je vienne te délivrer. Et regarde le résultat : il est gravement touché. Sais-tu que lorsqu'un dragon est blessé, son cavalier ressent sa douleur ? Sabre m'avait dit que notre relation aurait des conséquences. Je commence à comprendre lesquelles...

— J'ignorais que le lien était aussi fort, confessa Élias. Je suis désolé. Sabre et toi êtes ensemble depuis longtemps ?

Il se mordit la lèvre, un peu tard. Évidemment que non ! La réaction de Kira ne se fit pas attendre :

— J'ai l'air si vieille que ça ? Tu crois qu'en dix jours on acquiert beaucoup d'expérience ?

— Moi, j'ai rencontré Auri avant-hier, lâcha Élias avec un sourire d'apaisement. Cela fait de toi ma supérieure.

Kira n'allait pas se laisser amadouer aussi facilement. Le regard perdu dans le vague, elle reprit, pleine d'amertume :

— Au début, j'ai refusé de révéler mon nouveau statut à ma tribu. Et puis Sabre m'a demandé de l'accompagner jusque chez l'Oracle. Nous étions partis depuis trois jours quand Aurore nous a appelés à l'aide. Sabre a tout de suite accepté. Je n'ai toujours pas compris pourquoi. L'Oracle. Il n'avait que ce mot-là à la bouche. Et tout à coup, voilà qu'il volait au secours d'un autre dragon.

Kira ponctua ses paroles d'un regard incendiaire. Élias s'interdit de détourner les yeux. Il refusait de montrer à cette fille le moindre signe de faiblesse. Le destin les avait réunis, elle et lui. Ils avaient le même but. « À plusieurs, on peut déplacer des montagnes », avait coutume de dire sa mère. Mais surtout il avait besoin d'une amie. Il se sentait perdu, si loin de chez lui.

Kira était courageuse. Farouche. Intrépide. Passionnée. Elle avait une fougue et une force de caractère hors du commun. À côté d'elle, les filles du village d'Élias faisaient pâle figure. S'il arrivait à gagner son amitié, elle serait une alliée très précieuse.

Kira cherchait la bagarre. Élias choisit de ne pas entrer dans son jeu.

— Nous pourrions faire un bout de chemin ensemble, proposa-t-il. Auri et moi allions justement voir l'Oracle quand les chasseurs m'ont capturé.

Cette information éveilla la curiosité de la jeune Fiquarienne :

— Que sais-tu à son sujet ?

— Très peu de chose. Si j'ai bien compris, l'Oracle est un dragon fantôme. Il a une mission à confier à Auri... pardon... à *nous* confier. Auri s'y prépare depuis son éclosion. Quand elle aura mené sa quête à bien, sa vie prendra enfin tout son sens. J'imagine qu'il en est de même pour Sabre. J'ai répondu à ta question ?

À l'évidence, oui. La colère s'était un peu dissipée dans les yeux de Kira.

— Il y aura la mission, mais après ? souligna la jeune fille, toujours pleine de rancœur. Que deviendrons-nous une fois notre quête achevée ?

— Je n'y ai pas encore réfléchi, reconnut Élias. Chaque chose en son temps. D'abord, allons voir l'Oracle.

— Encore faut-il arriver jusqu'à lui, ragea Kira en baissant les yeux vers la lance qui saillait de la cuisse de Sabre. Mon dragon perd beaucoup de sang. Et le fait de porter deux cavaliers le fatigue. Il va bientôt falloir atterrir.

— L'idéal serait de trouver de l'orpin, déclara Élias. La sève de ses feuilles est un anticoagulant. Les humains s'en servent, alors pourquoi pas les dragons ? Et avec une plante aux vertus apaisantes, nous...

— De l'orpin ? l'interrompit Kira. À quoi ça ressemble ?

— C'est une plante grasse, à feuilles épaisses, assez courante en cette saison. Une fois à terre, Auri et moi irons en chercher.

Le jeune homme s'efforça de se représenter l'image de la plante médicinale dans son esprit. Puis il appela Auri :

— *Connais-tu cette plante ?*

— *Les dragons ont mieux à faire que de potasser la*

botanique, rétorqua Aurore, profondément vexée. *Pour moi, la verdure n'est bonne que pour les cerfs et les lapins.*

La réponse d'Auri fit sourire Élias, qui abandonna l'idée d'envoyer son dragon cueillir des plantes. Il embrassa le paysage du regard.

La savane qu'ils survolaient était désespérément plate. Élias aurait donné n'importe quoi pour retrouver sa chère vallée de Nehlée. Les à-pics auraient empêché les traqueurs de les suivre. Kasau n'allait pas capituler aussi vite. Les chasseurs de dragons avaient dû se lancer à leur poursuite. Au loin, sur sa droite, il aperçut les contours violets d'une chaîne de montagnes. Il secoua la tête : Sabre ne tiendrait pas jusque-là.

Le courageux dragon vola encore deux heures avant d'entamer sa descente. Auri avait repéré un point d'eau. Selon elle, les chasseurs ne les rattraperaient pas.

Les deux dragons se posèrent sur la rive du lac. L'endroit était parsemé de broussailles, pas assez touffues pour dissimuler des chasseurs embusqués. Auri décela la présence de gibier et de prédateurs, cachés dans les hautes herbes. Ces derniers ne s'attaqueraient pas à des dragons. Élias et Kira pouvaient donc dormir sur leurs deux oreilles... pour l'instant.

Chapitre neuf

Piégée !

Nolita avait cessé de compter les jours. Combien s'en était-il écoulé depuis son départ ? Six ? Sept ? À moins d'un miracle, elle ne verrait pas l'aube du huitième. Construire un abri et allumer un feu ne lui avaient pas posé de problèmes. Mais la chasse, c'était une autre histoire. À présent, son estomac criait famine, et Nolita tenait à peine sur ses jambes.

Il n'était pas facile de dénicher des plantes comestibles, dans cette forêt. Ce n'était pas encore la saison des baies et des noisettes. Quant aux champignons, il n'en restait plus beaucoup. De toute manière, Nolita refusait d'en manger. L'année passée, un garçon du village avait failli s'empoisonner avec une espèce vénéneuse. Elle n'avait plus qu'une solution : la chasse. Mais le gibier se terrait...

La jeune fille avait fabriqué un collet, qu'elle posait tous les soirs, et que les animaux évitaient avec une habileté insolente. Dans la famille, c'était Balard, l'as des poseurs de pièges. Nolita n'avait jamais compris ce que son frère trouvait d'intéressant dans le fait de capturer des animaux vivants. Si elle avait pu camper au même endroit plusieurs nuits d'affilée, elle aurait placé d'autres pièges, mais elle avait dû changer fréquemment d'endroit. À cause de *lui*. *Il* la traquait.

Elle avait d'abord cru que c'était le fruit de son imagination. Puis *il* lui avait à nouveau parlé dans son esprit. Comment arrivait-*il* à la suivre ? Le plafond de feuillage était trop épais ; *il* ne pouvait pas la voir ! Pourtant, chaque jour, *il* l'avait retrouvée et lui avait rempli la tête de mots enjôleurs.

Il lui fallait absolument imaginer un stratagème pour *le* semer, songeait la jeune fille en descendant une pente raide et glissante, les yeux fixés sur le sol. Soudain, un grondement la figea sur place. Ce bruit... Nolita le reconnaîtrait entre mille. C'était un grondement guttural et menaçant – celui d'un loup. Lentement, elle leva la tête. À moins de dix pas, le loup était prêt à bondir, les babines retroussées, ses yeux jaunes luisants.

Nolita s'arracha à son regard, jeta un coup d'œil autour d'elle et poussa un soupir de soulagement. Le loup était seul. S'il avait appartenu à une meute, Nolita n'aurait pas pu en réchapper. À nouveau, elle croisa le regard hypnotique. Son estomac se serra.

Elle fut tentée de fuir, mais elle savait que le loup considérerait cela comme une agression. Ces prédateurs agissaient toujours de la même manière : effrayer leurs victimes, leur couper les jarrets et les mordre à la jugulaire. Simple, rapide et efficace. Nolita ne tomberait pas dans le piège. Ainsi, le loup hésiterait à attaquer.

Évitant tout geste brusque, Nolita posa la main droite sur le manche du couteau qu'elle portait à la ceinture. Le grondement du loup redoubla d'intensité. L'animal se ramassa sur lui-même. Lorsque la jeune fille dégaina son arme, elle se sentit plus forte.

— Va-t'en, souffla-t-elle.

C'était tout sauf un ordre. Pourtant, sur un dernier grognement, le loup fit demi-tour et s'éloigna en trottinant. Nolita n'en revenait pas. L'animal avait eu peur d'elle ! Ou peut-être avait-il flairé une proie plus facile ?

— Moi aussi, je ferais la fine bouche si je savais chasser, marmonna la jeune fille.

Et la voix suave de résonner à nouveau dans sa tête :

— *Tu as été très courageuse, Nolita. Mais avec moi, tu n'auras plus rien à craindre des loups. Tant que je serai là, personne n'osera te menacer. Et j'irai te chercher de la viande en abondance. Je suis un chasseur accompli.*

— Encore toi ? s'exclama Nolita, qui dévala ventre à terre le flanc de la colline. Comment arrives-tu à me retrouver ? ajouta-t-elle dans un murmure.

— *Nous sommes liés l'un à l'autre*, répliqua la voix. *Je sais d'instinct où tu es. Nous devons rester ensemble. C'est notre destin.*

Nolita en fut abasourdie. Elle avait à peine chuchoté. Et voilà que la créature lui répondait ! C'était de la sorcellerie ! Elle tituba jusqu'à un arbre et s'appuya contre le tronc. Avec un terrible effort, elle leva les yeux vers la cime.

— Et si je ne veux pas rester avec toi ? s'écria-t-elle.

— *Tu n'as pas le choix.* Nous *n'avons pas le choix. J'ignore pourquoi, mais c'est ainsi. Je t'en prie, n'aie pas peur. Je ne te veux aucun mal. Je m'appelle Vulcain. Je suis ton dragon.*

À nouveau, Nolita se sentit cernée par un mur de terreur pure. N'y avait-il donc aucune échappatoire ?

— On a toujours le choix ! s'égosilla-t-elle.

Excellent. Utiliser sa colère pour venir à bout de l'épouvante qui lui comprimait la poitrine.

— Et je n'ai pas envie de faire partie de ta vie ! poursuivit-elle. Mon destin, je le contrôle seule ! C'est moi qui décide ! Pas toi, ni ma mère ni personne d'autre ! Tu entends ? Je ne veux rien avoir à faire avec toi, créature ! Laisse-moi tranquille !

— *Tu ne pourras pas me chasser comme un vulgaire loup, Nolita*, chantonna la voix. *L'Oracle nous appelle. Il est temps de partir.*

— Il n'y a pas et il n'y aura jamais de « nous » ! brailla la jeune fille. Mets-toi bien ça dans le crâne une bonne fois pour toutes !

Nolita se mit à sangloter. La peur avait eu raison d'elle. Elle reprit sa course vers le bas de la pente, se laissant emporter par son élan. Elle écrasait les arbustes et esquivait de justesse les branches basses. Elle manqua de s'assommer une vingtaine de fois. Lorsqu'elle atteignit le fond de la vallée boisée, elle avait les jambes en coton. Les joues mouillées de larmes, elle serra les dents, rassembla ses dernières forces et repartit en courant.

Au bout de cent mètres, elle dut ralentir. Elle passa l'heure qui suivit plongée dans le flou le plus total, alternant marche et petite foulée chancelante. Elle ne sut si sa fuite dura plusieurs minutes, plusieurs heures... ou plusieurs jours.

Le murmure d'un ruisseau la ramena à la réalité. Aussitôt, Nolita ressentit un besoin urgent de se laver. Même sans savon. L'important, c'était de sentir l'eau couler sur son corps. Racler la saleté. Accomplir les gestes qui rassurent. Sortir de l'eau avec cette sensation de propreté. Grâce à ce rituel, Nolita émergerait enfin du brouillard.

Elle se guida au bruit et se laissa tomber à genoux sur les berges moussues en pleurant de soulagement. Elle plongea les mains dans l'eau et entreprit de les frotter avec frénésie. Méthodiquement, elle gratta la crasse incrustée du bout de ses ongles cassés. Elle recommença à plusieurs reprises, jusqu'à ce que ses mains soient ramollies par l'eau glacée. Ensuite, elle se pencha en avant et s'immergea la tête. Le froid la saisit, mais elle se lava le visage, les cheveux et le cuir chevelu avec énergie et application.

L'eau et les gestes familiers l'apaisèrent. Elle s'essora les cheveux et aperçut un petit poisson, qui fila se cacher derrière un rocher. Transie d'effroi, Nolita comprit que le monstre l'avait piégée. Ferrée comme un poisson. Elle aurait beau courir jusqu'à l'épuisement, la ligne invisible qui la liait à la créature ne se romprait jamais. Et le monstre finirait par la ramener vers lui. Son sentiment de paix se brisa telle une paroi de givre. Et la terreur reprit ses droits.

Chapitre dix

La brèche

Élias mit pied à terre, enleva sa veste et son bonnet et partit à la recherche d'orpin. Il revint quelques minutes plus tard, les bras chargés de plantes aux feuilles turquoise. Kira examinait la blessure de Sabre. Elle était furieuse.

— Regarde avec quoi ces barbares chassent les dragons ! tempêta-t-elle.

Consterné, Élias comprit pourquoi la lance n'avait pas bougé d'un pouce. Elle était pourvue d'un barbillon. Si on la retirait, le sang coulerait à flots.

— Chez nous, on soigne les blessés avec la sève cicatrisante de cette plante, dit-il. Espérons que cela fonctionne sur les dragons.

Élias disposa les feuilles en un tas serré et les pressa jusqu'à obtenir une sève laiteuse. Il fit couler le liquide goutte à goutte sur la blessure de Sabre, puis il abaissa doucement la lance afin que la sève pénètre le plus possible dans la plaie. Sabre haleta, mais le sang coagula à vue d'œil. Bientôt, seul un mince filet suintait de la blessure.

— Avant d'enlever la lance, il faudrait trouver de quoi calmer la douleur, suggéra Élias.

« Et celle de Kira », ajouta-t-il en silence.

L'espace d'un instant, la Fiquarienne parut contempler le vide. Élias comprit qu'elle transmettait l'information à son dragon.

— Sabre te demande de retirer la lance, lâcha la jeune fille. Il promet de ne pas bouger.

Élias ne put dissimuler sa surprise :

— Tu en es sûre ?

— Apparemment, tu sais ce que tu fais, rétorqua Kira, sur la défensive. Plus que moi, en tout cas.

Élias fixa la jeune fille droit dans les yeux. Elle avait toujours le regard aussi impénétrable, mais elle lui tendait une perche qu'il ne pouvait refuser. C'était l'occasion de prouver sa valeur. D'un autre côté, Élias n'avait pas envie de faire du mal à Kira. Or, s'il enlevait la lance, la jeune fille allait beaucoup souffrir.

— *Tu vas très bien t'en sortir, Élias*, intervint Aurore. *Retire ce javelot ; Sabre se sentira beaucoup mieux, après. Kira est forte. Son dragon et elle s'en remettront rapidement. Demain, nous partirons à la recherche d'un dragon du jour. Ceux de leur espèce possèdent des talents de guérisseur.*

— Alors c'est donc vrai ? s'enquit Élias. Enfin une bonne nouvelle !

Kira lui lança un regard interrogateur.

— *Je pensais que tu le savais*, enchaîna Auri. *Les dragons du jour crachent plusieurs sortes de feux. Certains brûlent, mais d'autres guérissent. Demain, nous irons demander à l'un d'eux s'il veut bien soigner Sabre.*

— Que dit-elle ? voulut savoir Kira.

— Que demain nous irons chercher un dragon du jour, répondit Élias. Apparemment, ces dragons-là soufflent des flammes cicatrisantes.

Mieux valait poursuivre cette conversation à voix haute. Il se tourna vers Auri et déclara :

— Je t'avais bien dit que j'ignorais pratiquement tout des dragons. En revanche, j'ai quelques connaissances en herboristerie. Inutile de faire appel à un dragon du jour.

Il plongea son regard dans celui du dragon du crépuscule et expliqua :

— J'admire ton courage, Sabre, mais je n'aurai pas besoin de t'arracher cette lance à vif. J'ai repéré des poivrons mûrs, pas très loin d'ici. En cataplasme, ils devraient anesthésier la douleur. Je reviens dans deux minutes.

Kira ouvrait des yeux grands comme des soucoupes. Élias s'était adressé à Auri et à Sabre avec une insolence frisant l'incorrection ! Tandis qu'il s'éloignait, la jeune fille fit part de son indignation à son dragon. Élias revint et coupa les poivrons en quatre avec le couteau de Kira. Après avoir ôté les graines, il frotta la blessure et son pourtour avec la pulpe. La patte de Sabre tressauta quatre ou cinq fois. Élias s'extasia devant le sang-froid du dragon. Les soins devaient être extrêmement douloureux.

Le remède mit quelques minutes avant d'agir. Une fois le haut de la cuisse insensibilisé, Élias agrippa la lance et prit appui sur le flanc du dragon. Il aurait bien aimé ôter le barbillon avant de retirer l'arme.

— *Tu perdrais ton temps*, affirma Auri. *La pointe du javelot est en corne de dragon. C'est un matériau plus dur que n'importe quel métal.*

— *Alors je vais devoir agrandir la plaie au couteau pour que la pointe en sorte sans faire de dégâts*, conclut Élias.

Il s'exécuta et tira sur la hampe de la lance. Le bruit de succion que produisit l'arme lui donna la nausée.

Kira l'observa, les yeux emplis d'angoisse. Quand enfin Élias eut enlevé la lance, elle était au bord des larmes.

— Sabre te remercie pour ton doigté, murmura-t-elle. Il n'a quasiment pas souffert.

— *Bravo !* lança Auri. *Je suis fière de toi.*

Élias hocha la tête, un peu sceptique. Il s'était fait l'effet d'un boucher à l'abattoir. C'était la première fois qu'il soignait une blessure aussi profonde. À nouveau, il versa de la sève d'orpin sur la plaie béante. Très vite, le flot de sang se tarit. La cuisse de Sabre était dans un triste état, mais pour pouvoir la panser, Élias aurait eu besoin d'une douzaine de draps. Même avec ses vêtements et ceux de Kira mis bout à bout, il n'en aurait pas assez.

— *Est-ce que les dragons s'allongent sur le dos ou sur le côté ?* demanda-t-il à Auri.

— *Ni l'un ni l'autre, c'est très inconfortable*, expliqua le dragon de l'aube.

— *Peux-tu demander à Sabre de se coucher sur le flanc gauche ? Il devra rester dans cette position le plus longtemps possible.*

— *Serait-ce abuser de te demander pourquoi ?* interrogea Aurore avec arrogance.

— *Si l'on maintient la blessure plus haut que le cœur, elle cicatrisera plus vite.*

Le dragon se radoucit :

— *Compris.*

Quand Sabre roula sur le côté, Kira parut inquiète et surprise. Son dragon la rassura par télépathie. Elle lui caressa le cou et se tourna vers Élias. Dans les yeux de la jeune fille ne transparaissait nulle émotion.

— Allons chercher de quoi manger, lui intima-t-elle.

Élias se renfrogna. Kira aurait pu lui témoigner un peu plus de reconnaissance. Le jeune homme ravala sa rancœur. L'Orupée centrale n'était pas la porte à côté. Kira et lui auraient amplement le temps de faire connaissance. Et il saurait se faire apprécier de la Fiquarienne.

Les deux cavaliers allumèrent un petit feu près du lac. Élias ramassa des pierres, qu'il plaça en cercle. Côté vent, il laissa un peu d'espace pour que l'air alimente les flammes.

Ensuite, Kira et lui coupèrent du bois mort et entassèrent rameaux et brindilles. Les plus gros nourriraient le feu un certain temps, mais pas toute la nuit. Or, aucun arbre ne poussait dans le coin.

— Si Auri et moi allions chercher des branches ? proposa Élias.

— Mangeons d'abord, répliqua Kira. Rien ne presse.

Élias appréciait le côté pragmatique de la jeune fille. Il sortit de son sac à dos un récipient de cuivre, qu'il emplit d'eau et posa sur le feu. La flamme consuma les branches rapidement. En flambant, le bois sec dégagea un mince panache de fumée. Élias respira à pleins poumons ; il avait toujours aimé l'odeur du feu de bois. Il coupa une pomme de terre en petits dés, qu'il plongea dans l'eau bouillante. Kira ouvrit son sac, y prit une pomme et quelques racines, qu'elle découpa et jeta dans la casserole. Élias ajouta une ou deux pincées d'herbes séchées. Dès la première cuillère, les deux cavaliers poussèrent un soupir de contentement : le ragoût était délicieux.

L'après-midi, Auri emmena Élias ramasser des branches en prévision de la nuit. Pendant ce temps, Kira alla cueillir des plantes comestibles.

Enfin, Auri partit chasser. À son retour, elle tenait une antilope entre ses griffes. Sabre et elle la dévorèrent goulûment, et laissèrent un cuissot entier à leurs cavaliers. Le dîner eut des airs de festin. À la lueur du crépuscule, Élias et Kira firent rôtir les tranches de viande dans les flammes.

Bien qu'assis face à face, les deux jeunes gens parlèrent peu. Élias tenta plusieurs fois d'engager la conversation, mais Kira n'avait pas son pareil pour y mettre un terme avant même qu'elle ait commencé. Elle s'enferma dans un silence qui rendit Élias mal à l'aise. Pourtant, le jeune homme ne décelait plus aucune trace d'hostilité. Il avait marqué un point. Il finit par s'adosser à un rocher et admirer les millions d'étoiles qui piquetaient le ciel sans nuages.

La nuit était étonnamment claire. Les grillons stridulaient. Les crapauds coassaient. De temps à autre, une flamme crépitait. L'odeur de l'herbe de la savane mêlée à celle de la viande rôtie, de la terre humide et de la fumée réchauffa le cœur d'Élias. Il avait l'impression d'être un aventurier invincible. Ce qu'il avait vécu avec les chasseurs de dragons n'était plus qu'un mauvais souvenir. Lorsqu'il plissa les paupières, les étoiles les plus brillantes semblèrent s'envoler et danser tout autour de lui. C'était... magique.

Il s'endormit sans s'en rendre compte. Il se réveilla en sursaut au cœur de la nuit. Le feu était mort. Élias avait les membres un peu raides. Il était couvert d'une sueur froide.

— *Debout, Élias !* s'exclama Auri. *Les chasseurs nous ont retrouvés.*

— Tu en es sûre ? souffla-t-il.

— *Oui. Et ils ne sont pas loin.*

— Sabre va-t-il pouvoir voler ?

— *Il le faudra bien. Rassemble tes affaires et va chercher Kira. Je vous porterai tous les deux. Et ne fais pas de bruit.*

— Mais où es-tu ? chuchota Élias.

Il se frotta les yeux et scruta la rive du lac. À l'est, l'aube allumait des lumières roses juste au-dessus de la ligne d'horizon.

— *Ici*, répondit Auri.

La grosse tête du dragon apparut, surgie de nulle part. Élias cligna des paupières. Aurore était cachée derrière le corps de Sabre. À l'approche du danger, celui-ci s'était camouflé. Quand Auri bougea, Élias eut l'impression que Sabre se dédoublait. Cela faisait un effet des plus bizarres.

Le jeune homme rampa silencieusement jusqu'à Kira et lui posa la main sur l'épaule. Sans avoir le temps de dire ouf, il se retrouva avec un couteau sous la gorge.

— Bas les pattes ! gronda Kira.

— Du calme ! siffla Élias, qui n'osait plus remuer de peur que la lame ne lui entame la peau. C'est moi, Élias. Les chasseurs ont retrouvé notre piste. En selle ! Grimpe sur le dos d'Aurore !

En un instant, Kira avait rengainé son couteau et rangé ses affaires. Elle se déplaçait avec assurance et discrétion. Élias fut moins rapide et légèrement plus bruyant. Ils rejoignirent Auri, toujours cachée derrière Sabre.

— *De quel côté allons-nous ?* interrogea mentalement Élias.

— *Où tu veux*, répliqua Auri. *Ça ne changera rien : nous sommes cernés.*

Kasau frissonna de plaisir :

— Cette fois, je te tiens, dragon de l'aube ! Et ton cuir aveuglant ne te sauvera pas.

Les chasseurs avaient poussé les chevaux toute la journée et une bonne partie de la nuit, prenant un minimum de repos. Mais dans l'obscurité, ils avaient dû ralentir, malgré la nuit étoilée. Au moindre faux pas, leurs montures se briseraient les jambes.

Certains membres de l'équipe avaient hésité à prendre de tels risques. Kasau les avait ignorés avec superbe. C'était leur dernière chance de tuer le dragon de l'aube. Après cette nuit, son cavalier et lui s'envoleraient vers l'Orupée.

Chacun était à son poste, tenant une lance à la pointe en corne de dragon – le seul matériau capable de transpercer les écailles aussi facilement qu'une motte de beurre. Jadis, les hommes chassaient le dragon armés de lances et d'épées en métal. Les rares parmi eux qui avaient survécu étaient traités en héros.

La lance au poing, Kasau rampa dans l'herbe imprégnée de rosée. Il respira l'air chaud et humide de la savane chargé d'odeurs entêtantes. À l'est, le ciel s'éclaircissait de minute en minute. Les oiseaux, les insectes et les grenouilles entonnaient leur chant du matin.

Le moment qui précède l'aube. L'instant idéal pour frapper. Après, le soleil apparaîtrait à l'horizon, et le dragon doré serait en possession de tous ses pouvoirs. Le dragon du crépuscule, quant à lui, serait difficile à repérer dans la pénombre. Il devait être camouflé. Qu'à cela ne tienne : Kasau savait comment le démasquer, et il en avait informé ses hommes.

Le chef regarda à gauche. Un peu plus loin, un chasseur avançait dans les hautes herbes, une lance à la main. Un coup d'œil à droite lui apprit qu'un autre prenait position. En silence, comme d'habitude. Le cercle se refermait. Sous peu, les deux dragons seraient à eux.

Élias poussa un juron.

— Comment allons-nous nous enfuir ? siffla-t-il.

— *Il y a toujours un moyen*, lui assura Auri. *Le tout, c'est de l'employer à bon escient.*

Tout en permettant à Élias de l'entendre, elle ajouta à l'intention de Sabre :

— *Je vais ouvrir une brèche juste devant toi. Tiens-toi prêt. Le soleil n'est pas encore levé ; je ne pourrai donc maintenir le passage ouvert qu'une seconde ou deux. Te sens-tu capable de voler... ? Bien... Tu connais la marche à suivre... Je serai juste derrière toi.*

Élias avait l'impression d'écouter aux portes. Il voulut en savoir plus :

— Une brèche ? chuchota-t-il. Qu'est-ce que c'est ?

Kira en eut assez d'être tenue à l'écart de la conversation.

— Surtout, ne vous gênez pas pour moi ! s'écria-t-elle.

— *Plus tard, les explications !* reprit Aurore. *Élias, dis à Kira de grimper sur mon dos ! Et agrippez-vous bien ! Ça va un peu secouer... Sabre, es-tu prêt... ? Alors allons-y !*

Élias entendit Dent-de-Sabre prendre son envol. Ses ailes firent un bruit de soufflet de forge géant.

— Accroche-toi, Kira ! l'avertit Élias.

Il n'eut pas le temps d'ajouter un mot. Auri s'élança brusquement en avant. Élias recula sur sa selle. D'un coup d'œil, il s'assura que Kira n'avait pas été désarçonnée. L'air sévère, la jeune fille se cramponnait au piquant qui se trouvait entre Élias et elle.

Le jeune homme sentit son dragon se concentrer. Une vague d'adrénaline le submergea. L'esprit d'Auri était en train de créer quelque chose. Non sans mal. En même temps, ils piquaient droit vers les chasseurs positionnés à l'est. Dans une seconde, les hommes lanceraient leurs javelots. Élias crut qu'un poing d'acier se refermait sur sa gorge. Auri était-elle devenue folle ? C'était un suicide !

Et puis la brèche s'ouvrit. Élias ne la vit pas ; il eut plutôt une sensation de rupture dans la réalité. De néant tourbillonnant. D'un trou gris fantomatique. Il sentit son corps et son esprit se tordre, ses entrailles se contorsionner, son cerveau tournoyer. Les ennemis et les lances disparurent d'un seul coup. L'espace d'un instant, Élias flotta en apesanteur. Cela l'ébranla. Il ne savait plus où il était. Il avait l'impression d'avoir bu une dizaine de verres de vin aux épices. À nouveau, il crut qu'une main géante l'essorait comme une vulgaire serpillière. Et enfin, il y eut ce souffle de vent glacé, qui le laissa pantelant.

Ils émergèrent au cœur de la nuit, à plusieurs dizaines de mètres d'altitude.

— Mais où sommes-nous ? s'époumona Kira pour couvrir le bruit de la bise glaciale.

Élias entendit la question se répercuter en écho dans son esprit embrumé. Où étaient-ils ? Pas en Fiquare, en tout cas. L'odeur de l'air avait changé. Sans parler de ce froid pénétrant. Et de cette nuit noire. Le soleil n'était-il pas sur le point de se lever, tout à l'heure ?

Plus rien n'avait de sens. Dans quelle galère Aurore les avait-elle embarqués ?

Chapitre onze

L'étrange dragon

Lorsque Kasau vit le portail s'ouvrir devant les dragons, il comprit qu'il fallait agir vite. Trois grandes enjambées, une profonde inspiration, et il jeta sa lance avec l'énergie du désespoir. Il poussa un rugissement de lion furibond qui lui brûla la gorge. Mais au moment où il lâcha son arme, Kasau sut qu'il avait perdu la partie. Il regarda la lance décrire sa courbe mortelle et s'enfoncer dans le sol avec un bruit mat. Les dragons franchirent le portail, qui se referma aussi soudainement qu'il était apparu. D'autres chasseurs lancèrent leurs javelots, qui, eux aussi, rencontrèrent le vide.

Kasau tomba à genoux. Ses hommes se hâtèrent vers l'emplacement du portail et jetèrent des regards ébahis autour d'eux. Ils ne comprenaient pas. Et Kasau non plus, d'ailleurs. Ce dragon de l'aube lui glissait entre les doigts pour la seconde fois. D'ordinaire, aucun dragon ne lui résistait ! Cette créature le ridiculisait ! Il l'avait sous-estimée. Elle lui avait donné une bonne leçon.

— Nous nous retrouverons, dragon, grommela-t-il. Prépare-toi à vivre tes dernières heures. Personne ne se moque impunément de Kasau !

Élias décida de questionner Auri à voix haute pour ne pas laisser Kira à l'écart :

— Quel est cet endroit ? Comment sommes-nous arrivés ici ?

— *Nous sommes dans un autre monde*, répondit Aurore. *Les dragons de l'aube ont le pouvoir d'ouvrir des passages entre les mondes : des brèches. À l'aube, les frontières sont plus minces, et mes pouvoirs atteignent leur apogée. C'est comme ça que je voyage en cas d'urgence. Je crée une brèche, je passe dans un autre monde, et je reviens sur Treer à des milliers de lieues de mon point de départ. Cet endroit agit comme un sas, en quelque sorte.*

— Nous sommes dans un autre monde ? répéta Élias. Lequel ?

— *On l'appelle la Terre. Comme chez nous, il se compose de plusieurs continents, et de multiples pays. Celui que nous survolons se nomme la France. Ses habitants te ressemblent en tout point, mais leur monde est très différent. Ici, les dragons n'existent pas. Nous sommes des créatures légendaires, que les Terriens continuent d'ignorer. Pourtant, nous faisons de fréquentes incursions chez eux.*

Élias était consterné.

— Tu... Tu es déjà venue ? bredouilla-t-il.

— *Oui, mais je ne reste jamais très longtemps. Les Terriens se montrent hostiles envers les dragons. Ils ont des armes plus puissantes que les humains de notre monde. Lors de mon dernier voyage, je suis tombée sur un groupe d'hommes armés de mousquets. Ce sont des bâtons de métal qui crachent du feu et de minuscules billes d'acier. Une douzaine de billes ont troué mes écailles. J'en ai souffert pendant plusieurs jours.*

— Qu... Quoi ? Et si on croise à nouveau ces hommes ?

— *J'en doute*, répliqua Auri. *Cela s'est passé il y a plus de cent révolutions terriennes. À mon avis, les humains de la Terre et ceux de Treer ont la même espérance de vie. Ces hommes aux mousquets doivent être morts et enterrés.*

Soudain, un bruit attira l'attention d'Élias. C'était comme si des objets heurtaient le sol en explosant à intervalles irréguliers. Le jeune homme n'avait jamais rien entendu de tel.

En regardant en bas, Élias aperçut des éclairs traverser le paysage à l'horizontale à une vitesse incroyable. Il crut d'abord qu'un orage approchait, puis le ciel s'illumina de flammes orange et rouges, dans un fracas épouvantable. Élias sursauta. Aucun orage ne produisait pareil vacarme. D'ordinaire, les éclairs étaient blancs, ou violets. Jamais orange et rouges. La peur lui tordit l'estomac. Cette fois, elle ne relâcha pas son étreinte.

Kira lui tapota l'épaule. Même dans l'obscurité, le jeune homme voyait qu'elle était morte de frayeur.

— Sabre me dit que des milliers d'hommes sont en train de se battre sous nos pieds, lui apprit-elle. Peut-être même des dizaines de milliers. Et ils arrivent à toucher leurs ennemis alors qu'ils sont à des centaines de mètres les uns des autres. Ce pays est en guerre. Où avons-nous atterri, au nom de Treer ?

— Justement, asséna Élias. Nous ne sommes plus sur Treer, mais dans un autre monde. Auri affirme qu'ici les hommes ont inventé des armes étranges capables de tuer de très, très loin.

— Tout cela ne me dit rien qui vaille, maugréa Kira. Demande à Auri de nous ramener chez nous. Je préfère encore les chasseurs de dragons.

— Entièrement d'accord avec toi, opina Élias. Et si on repartait, Auri ?

— *Nous devons attendre l'aube*, expliqua le dragon femelle.

— Tu plaisantes ? Et si le jour se lève dans cinq heures ? Nous serons morts de froid ! Je ne sens déjà plus mes doigts, ni mes joues !

— *Il n'y a qu'à l'aube que je puisse ouvrir une brèche*, insista Auri. *Ici, le temps ne s'écoule pas de la même façon que sur Treer. Sabre et moi avons décidé de choisir un camp et de nous poser.*

— Et quel est le verdict ? s'enquit Élias en claquant des dents.

— *Sabre veut atterrir à l'ouest, et moi, à l'est.*

Un autre bruit, différent du premier, interrompit

la discussion. Cette fois, c'était un vrombissement continu. Et il se rapprochait.

— Qu'est-ce que c'est que ça ? bégaya Élias.

Dix secondes plus tard, la voix d'Auri s'éleva dans son esprit :

— *Je viens de transmettre ta question à Sabre : il a une meilleure vision nocturne que moi. D'après lui, il s'agit d'une espèce de dragon inconnue. Nous avons tenté d'établir un contact, mais il n'a pas répondu. Il transporte deux cavaliers-dragons qui, eux aussi, ont très envie de rentrer chez eux. Curieux... Ce dragon, apparemment, ne possède pas de pouvoir télépathique...*

— Mais... Mais tu viens de dire qu'il n'y avait pas de dragons, ici ! protesta Élias.

— *Eh bien, je me suis trompée.*

— Est-ce qu'il nous a vus ?

— *Difficile à dire. J'ai du mal à distinguer s'il s'agit d'un mâle ou d'une femelle. Je n'ai jamais vu de dragon aussi étrange. J'ai l'impression qu'il a des trous dans le dos, et que ses cavaliers y sont enfoncés.*

À mesure que le dragon approchait, les explosions s'intensifiaient.

— C'est lui qui produit tous ces éclairs ? l'interrogea Élias. Sais-tu faire cela, Auri ?

— *Absolument pas. J'ai le sentiment que les cavaliers redoutent ces explosions, même s'ils se persuadent du contraire. Et... j'ai l'impression que les flammes proviennent du sol. C'est impossible !*

Impossible ? À en juger par la vitesse à laquelle les éclairs déchiraient la nuit, Élias pensait que *tout* était possible. Et si c'était ce dragon que visaient les hommes au sol ? Sur Treer, les dragons ne se mêlaient pas des conflits des humains, mais ici ?... Il fallait en avoir le cœur net.

— Peux-tu le suivre sans qu'il te voie, Auri ? demanda-t-il. Peut-être que si nous arrivons à nous poser près de lui, nous comprendrons ce qui se passe.

— *Comme tu voudras*, répondit le dragon femelle. *Sabre est toujours camouflé ; il volera entre cet inconnu et moi. Le dragon terrien est un peu descendu. Tant mieux. Ce sera plus facile de rester dans son sillage.*

Ils glissèrent derrière le dragon bourdonnant un temps indéfini. Lorsque l'étrange créature amorça la descente, Élias était transi de froid.

Le jeune homme remarqua que le dragon avait une forme des plus insolites. Ses deux paires d'ailes parallèles, d'apparence solide, ne bougeaient pas. Il mesurait environ quatre mètres d'envergure et deux mètres de long, soit deux fois moins qu'Aurore. Une autre paire d'ailes, plus petite, se déployait près de sa queue. Son vol n'avait rien de gracieux. En fait, il ressemblait un peu à une abeille aux ailes démesurées.

Ses pattes grêles et bizarrement articulées évoquaient une sauterelle. À la réflexion, cette créature n'avait rien à voir avec un dragon. Peut-être était-ce une sorte d'insecte géant ? Dans ce cas, comment les hommes avaient-ils réussi à le dompter ?

La créature se posa dans un champ immense, entre deux lignes de torches étincelantes. Élias resta muet de stupeur : la créature ne remuait pas les jambes ! Elle paraissait glisser sur l'herbe. Ou plutôt, rouler. Il distingua des pieds ronds. Un peu comme les roues d'un chariot, mais en plus petit.

— Ce n'est pas un dragon, c'est un chariot volant, raisonna Élias. Cela paraît logique : si ces gens savent fabriquer des armes qui sèment la mort à distance, pourquoi pas un chariot volant ? Je veux voir cet engin de plus près !

Le champ était bordé de bâtiments assez vastes pour abriter plusieurs dragons. En Fiquare, on ne construisait pas d'édifices aussi grands. Étaient-ce les maisons des hommes qui se battaient ? Le jeune homme guida Aurore vers un bout de terre plongé dans les ténèbres. Le dragon atterrit à plusieurs mètres des bâtiments. Pour la deuxième fois, Élias se mit à claquer des dents et à trembler. Kira était dans le même état que lui.

— Imp-p-possible d'allumer un f-f-feu, fit-il. On s-se ferait re-p-pérer. D-d-demande à Sabre de se m-m-mettre en boule, enveloppe-toi dans ta c-c-couverture et b-b-blottis-toi contre lui. Il te c-c-couvrira de son aile. Ça d-d-devrait te réchauffer.

— Et t-t-toi ? répondit Kira en grelottant.

— D'abord, je j-j-jette un œil à ce d-d-dragon. Ens-suite, je ferai pareil av-v-vec Auri.

— Non ! Tu v-v-vas te faire prendre ! Viens

d-d-dormir à côté de m-m-moi ! On se réchauffera. C'est c-c-ce que f-f-font les chasseurs.

Élias pesa le pour et le contre. Il brûlait d'envie d'aller voir le dragon-machine de plus près. D'un autre côté, Kira avait raison : c'était trop risqué. Et rien qu'à l'idée de se pelotonner contre la cavalière, Élias avait déjà moins froid.

Il se laissa glisser à terre. Ici, les nuits étaient beaucoup plus fraîches qu'en Fiquare, mais pas glaciales. Le jeune homme aida Kira à descendre. Dès que ses pieds touchèrent le sol, elle lâcha la main d'Élias.

— N-n-ne te fais pas d-d-des idées, bredouilla-t-elle avant de se diriger vers Sabre d'un pas incertain.

— M-m-manquerait p-p-plus que ça, rétorqua Élias en essayant d'étirer ses lèvres gercées en un sourire.

Cette fille le surprenait à chaque instant. Elle tenait à son indépendance, mais elle était prête à mettre ses principes de côté en cas de force majeure. Elle refusait de révéler la moindre faille. Élias s'en accommoderait.

— *Ne le prends pas mal, Auri, mais ce soir, je dors avec Kira et Sabre.*

— *Je comprends*, répliqua Aurore. *J'espère que cette nuit sera le début d'une longue amitié entre Kira et toi. Dors bien, Élias.*

— *Et si ces gens nous découvrent ?* s'inquiéta le jeune homme.

— *Je te réveillerai.*

— *Mais... S'ils ne comprennent pas le fiquarien ?*

— *Pas de panique*, le rassura Auri. *Je traduirai la conversation. Parle normalement. Je veillerai à ce que tu comprennes leur langage, et vice versa.*

— *Tu es vraiment pleine de ressources !* s'émerveilla Élias.

— *Ne t'emballe pas : je n'ai jamais essayé de traduire par télépathie. Les dragons que j'ai rencontrés et qui l'avaient fait m'ont affirmé que ce n'était pas compliqué, mais il y aura un décalage de plusieurs secondes entre chaque phrase. En outre, la traduction sera peut-être inexacte.*

— *Inexacte à quel point ?*

— *Nous verrons le moment venu*, laissa tomber Auri.

Élias se raidit. Un enchaînement de quiproquos pourrait les mener à la catastrophe. S'ils considéraient les cavaliers-dragons comme leurs ennemis, ces gens les massacreraient sans hésiter.

— *Alors espérons qu'ils ne nous trouveront pas*, conclut-il.

Chapitre douze

La phobie de Nolita

Se blottir contre Kira fut une expérience agréable et réconfortante, surtout après les explosions du combat. Les deux jeunes gens s'endormirent rapidement, mais une fois réchauffé, Élias se réveilla, mal à l'aise. Kira dormait d'un sommeil paisible et respirait à un rythme régulier. En prenant garde de ne pas la déranger, le jeune homme s'écarta et étendit les couvertures sur elle.

Comme Sabre dormait aussi, Élias s'installa contre son ventre et attendit le matin. Le dragon s'étira peu avant l'aube. Élias en profita pour escalader son flanc. Caché sous son aile, il risqua un œil. À la lueur croissante, il découvrit un paysage luxuriant, d'un vert profond. Un paradis pour les fermiers. Son père se serait coupé un bras pour posséder une terre aussi fertile.

Kira se leva à son tour et vint auprès de lui, le visage impassible. Elle ne prononça pas un mot. Tant mieux. Élias n'avait pas envie de parler, de toute manière.

Ils attendirent l'aube avec anxiété. Ils n'avaient qu'une hâte : retourner sur Treer. Ce monde inconnu les effrayait. De plus, Sabre avait un besoin urgent de soins. Et chaque seconde qui passait augmentait les risques de se faire repérer. Tout à coup, le bourdonnement de la veille retentit. Une de ces étranges créatures s'élança dans le champ et s'envola dans le jour naissant. Élias avait vu juste : ce n'était pas un être vivant, mais une machine. Cette fois, un seul cavalier la chevauchait. La machine se mit à décrire des cercles juste au-dessus d'eux. Le cœur d'Élias bondit dans sa poitrine : et si le cavalier les remarquait ? Le jeune homme retint son souffle. Enfin, le soleil se montra à l'horizon. En selle !

Il ne fallait pas qu'on les voie. Quand Auri décolla, Élias et Kira se couchèrent sur son dos. À gauche, les arbres masquaient son déplacement. À droite, Sabre, toujours camouflé, la dissimulait du mieux qu'il pouvait. À la droite de Sabre, les machines sortaient des immense bâtisses.

— *Nous sommes repérés*, annonça soudain Auri.

— Par les hommes au sol ? demanda Élias d'une voix blanche.

— *Non, par celui qui vole. Je sens sa surprise. Il n'en croit pas ses yeux.*

Grâce au pouvoir de l'aube, Aurore ouvrit une brèche beaucoup plus large que la précédente. Les deux dragons s'y engouffrèrent côte à côte. Ils plongèrent dans le tourbillon, loin de ce monde déchiré par la guerre. Élias éprouva les mêmes sensations que la veille : vertige, ivresse, apesanteur... Le jeune homme s'attendait à réapparaître au-dessus du lac, dans la savane.

Il se trompait.

Quand Jack Miller atteignit cinq cents pieds d'altitude, il vira légèrement à gauche. Objectif : prendre un maximum de hauteur pour franchir les lignes adverses. Il scruta le ciel, à la recherche d'avions ennemis, puis il se détendit. Rien à signaler. La voie était libre.

À six mille pieds, il repéra une forme bizarre. Juste à l'angle de l'aérodrome. Là-haut, le soleil illuminait déjà le ciel d'azur de ses rayons dorés, mais au sol, les hangars et ses environs étaient encore plongés dans l'obscurité. Et près des arbres, il y avait un truc long, qui brillait. Jack aurait juré que ça ressemblait à un dragon.

Pour la première fois depuis une éternité, le pilote se permit de rire. Un dragon ! Et puis quoi, encore ? Cette guerre lui montait au cerveau. Il devait y avoir une tache d'huile sur ses lunettes. Il les frotta du dos de sa main gantée, mais elles étaient propres. Il se remit à balayer le ciel des yeux. Attention à ne pas relâcher sa vigilance. Si l'ennemi le prenait par surprise, c'en était fait de lui. Cependant, Jack ne put s'empêcher de baisser à nouveau les yeux vers l'énorme forme couleur bronze. Il tourna la tête vers le hangar, où les soldats sortaient les avions. Pourquoi n'avaient-ils pas détecté la présence du truc brillant ?

« Ça y est. Je deviens dingue », songea-t-il.

Soudain, le soleil éclaira le sol, et la masse prit une teinte or flamboyant. Un tout petit disque se matérialisa à cent mètres de la chose. Il semblait constitué d'une matière grise tourbillonnante. Jack secoua la tête. Il ne rêvait pas. Ce machin n'était pas là, la seconde d'avant ! C'était un disque étrangement plat. En deux dimensions. Vu d'en haut ou de côté, on ne pouvait pas le repérer.

Le truc doré se rua vers le disque en déployant des ailes deux fois plus grandes que celles des avions garés dans le hangar. Et soudain, le disque tournoyant avala le truc doré et s'évanouit dans les airs.

Jack cligna des yeux. À présent, il contemplait le vide. Ses collègues vaquaient à leurs occupations. Il avait dû avoir une hallucination. Sinon, les autres l'auraient forcément aperçu, eux aussi. Jack décida d'attendre. Une fois revenu de mission, si personne n'en parlait, il se tairait.

Inutile de passer pour un fou.

Inutile de semer la panique parmi ses frères d'armes.

Quand Élias reprit son souffle, il inspira un air pur et tiède imprégné d'une odeur de pins. Il n'y avait pas cette moiteur tropicale qu'on percevait dans la savane.

Ici, cela sentait l'été. Ils volaient dans une vaste forêt dense qui bordait un grand lac aux rives sinueuses. Au nord, d'immenses montagnes d'un gris violacé s'élevaient à plusieurs milliers de mètres du sol. Les pics majestueux étaient couronnés de neige brillante. Quelques nuages s'y accrochaient, rompant la monotonie du ciel bleu roi. Par endroits, le vent soulevait des gerbes de neige blanche. Élias, Kira et les dragons approchèrent du lac. Le soleil allumait des étoiles dorées à sa surface. Le spectacle était époustouflant.

Quelque chose oscilla ; Élias tourna la tête à droite et s'aperçut que Sabre avait abandonné sa tenue de camouflage.

— Où sommes-nous, Auri ? demanda le jeune homme. Ce paysage ne ressemble en rien à la Fiquare.

— *Tu m'étonnes !* s'esclaffa le dragon de l'aube. *Nous voici en Riquamée du Nord.*

— Nous ne devions pas nous rendre en Orupée ?

— *Si, mais Dent-de-Sabre a besoin de soins. Mes sens draconiques – mon instinct, si tu préfères – m'ont poussée à ouvrir une brèche dans cette forêt. Il y a un dragon du jour, ici.*

Les créatures volèrent au-dessus du lac et commencèrent à descendre vers le rivage. Élias fronça les sourcils. Ce que lui disait Auri ne lui semblait pas logique.

— Je croyais que les dragons parcouraient le monde, objecta-t-il. N'aurions-nous pas pu en trouver un en Orupée ?

— *Si, mais pas le bon*, rétorqua Aurore avec arrogance.

Comme Élias ne comprenait pas, elle précisa :

— *Un dragon sait d'emblée lorsqu'il est sur la bonne voie, grâce à ses sens draconiques. C'est un peu comme si une lumière interne s'allumait pour le guider.*

— Alors tu peux prédire l'avenir ? en déduisit Élias.

— *Ne confonds pas tout. Je n'ai pas le don de divination. J'ai une quête à mener, et des pouvoirs pour la réaliser – mes sens draconiques, entre autres. Si je ne les écoutais pas, ma vie n'aurait aucun sens et notre monde partirait à vau-l'eau. Si tu savais le nombre de dragons qui, en suivant leurs sens draconiques, ont évité des catastrophes et ont marqué un tournant décisif dans l'histoire de Treer ! Les sens draconiques sont innés ; ils ne sont pas dus au hasard. Les vrais dragons leur obéissent toujours, tandis que les solitaires les bafouent sans hésiter. Ils ont tort : c'est le pouvoir le plus puissant des dragons.*

À présent, le ventre des dragons frôlait la surface de l'eau. Telle une mouette géante, Auri abaissa une aile et en fit courir la pointe dans l'onde. Élias éprouva le même plaisir que son dragon.

Avec une incroyable précision, Aurore se posa sur la plage étroite qui s'étendait entre le lac et la forêt. Sabre atterrit juste derrière elle en laissant échapper un grognement de douleur. Élias entendit Kira haleter : la jeune fille souffrait beaucoup.

— Tu tiens le coup ? s'enquit le jeune homme en se retournant sur sa selle.

La cavalière acquiesça, mais elle était très pâle. Élias tendit la main vers elle ; d'un regard noir, Kira lui interdit de la toucher.

Élias se renfrogna. Quelle mouche la piquait ? Pourquoi sortait-elle ses griffes à la moindre occasion ? Il préféra se tourner vers Auri. Elle, au moins, ne le rembarrait pas à tout bout de champ :

— Alors ? Où est-il, ce fameux dragon du jour ?

Aurore ploya son long cou et approcha son énorme tête du cavalier-dragon.

— *Juste devant toi. Les humains sont-ils tous aussi myopes ?*

Le jeune homme leva les yeux. Le dragon bleu était à dix pas de lui. Ce qu'il avait d'abord pris pour une crête de rochers gris bleuté était en réalité une tête et un cou allongé dépassant de la cime des arbres. Le corps de la créature était caché par les pins. Élias ne put s'empêcher de faire la grimace. Il était déçu. Il avait toujours imaginé les dragons du jour bien plus majestueux, avec des écailles d'un bleu chatoyant. Celui-ci paraissait fatigué, terne et délavé.

Élias le considéra avec un mélange de prudence et de curiosité. Quelque chose clochait. Où était son cavalier ? Était-ce un dragon solitaire ?

— *Qu'est-ce qu'il a ?* interrogea le jeune homme.

— *Il est inquiet et un peu déprimé*, répondit Auri sèchement.

À l'évidence, Aurore désapprouvait la grimace d'Élias.

— *Il a des problèmes avec une humaine.*

Le mépris avec lequel Auri avait prononcé le mot « humaine » déplut à Élias. Mais il l'avait cherché. Il n'aurait pas dû penser au dragon du jour en termes irrespectueux.

— *Un chasseur le poursuit ?* voulut-il savoir en scrutant la forêt, le cœur tambourinant.

— *Non. C'est à cause de sa cavalière : elle ne veut pas de lui*, rétorqua Auri d'un ton cinglant.

À ces mots, Élias oublia le bref élan de panique qui s'était emparé de lui.

— *Je ne comprends plus rien. Tu disais que nous étions liés l'un à l'autre par le destin.*

— *Et c'est toujours le cas*, riposta Auri. *Cette fille sera la cavalière de Vulcain, qu'elle le veuille ou non. Ce dernier vient de me dire qu'elle a l'esprit embrouillé. L'intérieur de son crâne n'est qu'un écheveau de peurs imbriquées les unes dans les autres. Pire : Vulcain lui inspire une terreur abjecte. Chaque fois qu'il s'approche d'elle, elle prend la fuite. Il est anéanti. Pour un dragon du jour, le courage est la plus importante des qualités. Sa confrérie doit sa réputation à la bravoure inégalée de ses cavaliers. Avec une partenaire aussi lâche, Vulcain sera la risée de tous ses semblables.*

« Bravo ! pensa Élias. Nous avons fait tout ce chemin pour rien. »

— *Vulcain pourra-t-il quand même aider Sabre ?* s'enquit-il.

— *Oui. Je lui ai déjà posé la question, et il a accepté. Heureusement qu'il n'est pas trop abattu : le pouvoir guérisseur d'un dragon du jour dépend de son humeur.*

— *Me voilà soulagé*, confessa Élias.

Dent-de-Sabre rejoignit Vulcain en boitillant, aussitôt suivi par Kira, qui n'eut pas le temps de faire deux enjambées. Sabre la fixa du regard, lui signifiant de rester à l'écart. La jeune fille s'éloigna avec réticence. La mort dans l'âme, elle observa son dragon se diriger seul vers Vulcain.

Le dragon du jour baissa la tête et examina la blessure, le museau à quelques centimètres du trou qui béait dans la cuisse de Sabre. Puis, sans se presser, il prit une profonde inspiration.

— *Il va cautériser la plaie ? J'aurais pu le faire hier soir !* s'exclama Élias.

— *Tu n'y es pas du tout*, objecta Auri. *Regarde. Et apprends.*

Élias s'attendait à voir surgir un jet de flammes orange. Au lieu de cela, Vulcain entrouvrit la gueule et souffla un nuage de feu bleuté, qui enveloppa la plaie de Sabre comme un halo. Au début, rien ne se passa. Vulcain continua de cracher pendant plusieurs secondes. À la fin, le halo bleuté parut s'accrocher à la cuisse de Sabre, puis s'évapora.

Kira et Élias se précipitèrent aux côtés du dragon du crépuscule. Le jeune homme écarquilla les yeux :

il n'y avait plus la moindre trace de blessure. Vulcain avait accompli un véritable miracle.

Un sourire radieux aux lèvres, Kira promena ses doigts sur la cuisse de Sabre. Le dragon anthracite tourna la tête vers elle. Gêné, Élias recula. Kira et Sabre vivaient un moment d'intimité. Il préféra ne pas les déranger.

Le jeune homme projeta ses pensées vers Auri :

— *Vulcain nous a retiré une belle épine du pied. Le moins que l'on puisse faire, c'est de lui rendre la pareille. Si j'essayais de parler à sa cavalière ?*

— *Excellente idée. Elle s'appelle Nolita. Tu la trouveras près du torrent qui se jette dans le lac.*

Élias informa Kira de son intention, mais la Fiquarienne ne l'écoutait pas. Tant pis. Il irait seul.

Le jeune homme commençait à avoir chaud dans sa tenue de vol. Il ôta sa veste et son pantalon fourrés, qu'il étendit sur un gros rocher plat près de l'endroit qu'avait choisi Auri pour lézarder. Le soleil brillait. En tunique à manches courtes et en pantalon de toile, Élias se sentit plus à l'aise.

C'était une journée idéale pour une promenade au bord du lac. Une multitude d'oiseaux aquatiques se laissaient porter par le courant. D'autres tournoyaient au-dessus de l'eau ou plongeaient en poussant des cris stridents. Plus haut, deux aigles planaient dans les airs avec élégance en dessinant de larges cercles.

Élias aperçut un poisson sauter hors de l'eau. Hop ! Et là, un autre ! Un troisième émergea au milieu d'un essaim de mouches. Les insectes se dispersèrent à tire-d'aile. Soudain, un troupeau de cerfs passa juste sous le nez d'Élias, qui sursauta. Le mouvement brusque effraya les animaux. Ils disparurent dans la forêt en trois battements de cœur. Le cavalier-dragon eut un sourire penaud. Il ne les avait même pas entendus.

La cavalière de Vulcain, accroupie près du torrent, se lavait les mains avec frénésie. Élias crut qu'elle allait s'arracher la peau. Elle paraissait vouloir se débarrasser d'une substance ou d'une odeur insupportables.

Le jeune homme s'approcha ; Nolita ne s'était rendu compte de rien. Elle continuait de frotter ses doigts avec acharnement. Élias ne voulait pas l'effrayer. Il resta à bonne distance et dit doucement :

— Bonjour, Nolita. Je m'appelle Élias.

La fille se retourna d'un bloc, un couteau à la main. Elle avait dégainé avec une vitesse stupéfiante. Elle ouvrait de grands yeux bleus apeurés.

— N'approche pas ! siffla-t-elle en agitant son arme. Sinon, je n'hésiterai pas à m'en servir !

Élias montra ses paumes et déclara :

— Je ne suis pas armé. Je suis simplement venu prendre de tes nouvelles. Ton ami s'inquiète pour toi.

— Mon ami ? répéta la fille. Quel ami ?

Son visage prit soudain une couleur cendreuse.

— Tu veux dire que... que c'est le monstre qui t'envoie ? Alors, *il* m'a encore retrouvée ! *Il* te parle, à toi aussi ? Pourquoi est-ce qu'*il* ne me fiche pas la paix ?

Nolita jeta des regards nerveux autour d'elle, son couteau toujours pointé sur Élias. Elle était au bord de la panique. Le jeune homme remarqua ses vêtements sales et négligés. Ils contrastaient étrangement avec ses mains, ses cheveux et sa figure, d'une propreté impeccable. Ses tresses blondes, mi-longues, venaient d'être refaites. Elles accentuaient la maigreur de ses joues.

— Qu'est-ce que tu veux ? gronda-t-elle.

— Je te l'ai dit : voir si tu vas bien. Vulcain, ton ami, se fait beaucoup de souci pour toi.

Décidément, Élias n'avait pas de chance, avec les filles. Dès qu'il offrait son aide, il se retrouvait un couteau sous la gorge. Deux fois en deux jours. Un record. Dorénavant, il garderait sa veste en cuir. Au moins, il serait protégé.

— Tu... Tu es l'un d'entre eux, n'est-ce pas ? reprit Nolita. Allez, avoue ! Tu n'appellerais pas le monstre par son nom, sinon.

— L'un d'entre eux ? Tu veux dire : un cavalier-dragon ? Oui. J'ai rencontré Aurore, mon dragon, il y a quelques jours. Je voyage avec Kira et Dent-de-Sabre, qui a été blessé par des chasseurs. Ton dragon a bien voulu le soigner. Nous lui en sommes très reconnaissants.

Dès qu'il prononça le mot « dragon », les mains de Nolita se mirent à trembler. Elle devint livide, comme si un vampire avait bu son sang d'un trait. L'espace d'un instant, Élias crut qu'elle allait vomir.

— Ce-n'est-pas-le-mien ! martela-t-elle en frissonnant.

Tout à coup, Élias devina ce qui n'allait pas chez elle. Certaines personnes avaient peur des araignées, ou des serpents. D'autres de la foule, ou des espaces clos. Nolita, elle, avait peur des dragons. Une peur incontrôlable. Une phobie.

Élias la comprenait. Les dragons étaient des prédateurs inspirant la terreur. Quand il avait rencontré Auri, il avait cru qu'elle allait le dévorer. Ce jour-là, il avait appris que certains dragons étaient amicaux. Nolita, elle, rejetait cette vérité de toutes ses forces. Et elle n'était pas prête à l'accepter.

Tout en gardant ses mains bien en évidence, Élias reprit d'une voix douce :

— Le lien qui existe entre un dragon et son cavalier est immuable. Vulcain ne t'abandonnera pas. Et pour être franc, la perspective de votre alliance ne l'enchante pas, lui non plus. Il est... déçu par ton manque d'enthousiasme.

— Qu'est-ce que ça peut me faire ? cracha Nolita. Je ne veux pas de lui. Plutôt mourir !

Toujours aussi calme, Élias poursuivit :

— C'est un immense honneur d'être un cavalier-dragon. La plupart des gens en rêvent. Tu devrais être fière.

— Je me fiche de l'honneur. Je me fiche de la fierté. Je veux qu'on me laisse tranquille. Ces monstres me donnent la nausée. Fais-*le* partir. Moi, *il* ne m'écoutera pas.

— Il n'écoutera ni Aurore, ni Sabre, ni personne d'autre, même s'il le voulait ! lança Élias. On ne peut pas changer le destin. Tu imagines si les dragons pouvaient choisir leurs cavaliers ? Ce serait trop beau ! Je vois bien que tu as peur. Moi aussi, la première fois, j'étais mort de frayeur. À tel point que je suis tombé d'une falaise. Et c'est Aurore qui m'a sauvé.

Nolita se mordit furieusement la lèvre.

— Aucun risque que je dégringole d'une falaise, aboya-t-elle. J'ai le vertige même sur un tabouret.

Ça se compliquait. Si cette fille était incapable de grimper sur une chaise, que se passerait-il quand elle se retrouverait à plusieurs centaines de mètres d'altitude ? Élias ne pouvait rien faire pour elle. Il ne restait plus qu'à retourner voir Auri et à lui avouer son échec.

Chapitre treize

Une méthode musclée

— *Pas question de partir sans Vulcain et Nolita*, affirma Auri d'un ton qui ne souffrait pas de réplique. *Ils doivent nous accompagner chez l'Oracle. Sabre le sent, lui aussi.*

— Alors j'espère que tu apprécies le coin, grinça Élias. Parce que convaincre Nolita risque de prendre du temps. Elle a une peur bleue des dragons. En plus, elle a le vertige. Jamais elle ne montera sur le dos de Vulcain, sauf si on la ligote. Si nous étions en Fiquare, j'aurais pu lui préparer une potion apaisante, mais je ne connais pas les plantes qui poussent ici. Je n'ai pas envie de l'empoisonner.

Les naseaux dilatés, Auri renifla sans la moindre élégance, puis posa la mâchoire sur le gros rocher plat. Ses gigantesques yeux ambrés dévisagèrent Élias un long moment.

— On a besoin d'aide ? fit une voix derrière son dos.

Élias sursauta. Kira ! Il ne l'avait pas entendue

arriver. Le jeune homme décela une lueur amusée dans les yeux d'Aurore. Apparemment, celle-ci adorait quand Kira prenait Élias au dépourvu. Il serra les dents, pinça les lèvres et se retourna, le visage impassible. Malgré le lien qui l'unissait à Auri, Élias trouvait l'humour de son dragon quelque peu agaçant.

Kira avait échangé sa tenue de vol contre une tunique marron et une jupe courte. Elle avait passé plusieurs colliers de perles multicolores autour de son cou.

— Tu veux nous aider ? Toi, celle-qui-ne-connaît-pas-la-peur ? ricana Élias.

Kira s'assit en tailleur à côté de lui.

— Pas grand-chose ne m'effraie, admit-elle sans vanité. Dans ma tribu, il y avait un garçon un peu comme Nolita.

La Fiquarienne sourit de toutes ses dents. Ses yeux noirs étincelèrent. En prenant tout son temps, elle ramassa un bâton et entreprit de dessiner des motifs dans le sable.

— Et alors ? s'impatienta Élias.

— Il avait une peur atroce des reptiles. Dès qu'il entendait le mot « serpent », il détalait comme s'il avait le diable aux trousses. Les hommes du village étaient bien ennuyés : chez nous, un garçon n'a peur de rien. Notre Sorcier tenait la solution : il fallait jeter ce garçon dans une fosse à serpents. Ainsi, il apprendrait à surmonter sa phobie.

— Résultat ? demanda Élias.

— Au début, il est arrivé à se maîtriser...

Kira plongea son regard dans celui du jeune homme et continua :

— ... mais ensuite, un serpent l'a mordu.

— Mauvais plan, commenta Élias avec une grimace.

— En effet, acquiesça Kira en se remettant à gribouiller dans le sable. C'était un serpent venimeux. Le garçon est mort quasiment sur le coup.

Élias ouvrit la bouche, la referma et secoua la tête.

— Évite de raconter cette histoire à Nolita, finit-il par suggérer. Tu as d'autres bonnes idées de ce genre ?

Le sourire de Kira s'élargit. La jeune fille pencha la tête sur le côté et admira son œuvre.

— Le Sorcier avait raison quand il disait qu'il fallait affronter sa peur, éluda-t-elle. Et Nolita ne se fera pas mordre par Vulcain.

— Mais comment la convaincre de laisser Vulcain l'approcher ? contra Élias.

— Je n'aurai qu'à lui donner la main, répliqua Kira.

— Bon courage, soupira Élias.

La jeune fille jeta son bâton, se leva et lissa le devant de sa jupe. Puis, du bout du pied, elle effaça les motifs qu'elle avait tracés dans le sable.

— Je n'ai pas envie de moisir ici, grommela-t-elle. Sabre a hâte d'aller voir l'Oracle. Je ressens son impatience, mais il est persuadé qu'il faut d'abord qu'on aide Vulcain.

Élias éprouvait exactement la même chose. Le lien entre Aurore et lui se renforçait de jour en jour. Les émotions du dragon devenaient les siennes. Combien de temps allaient-ils pouvoir encore ignorer l'appel de l'Oracle ? Il fallait agir vite. Plus tôt Vulcain et Nolita seraient réunis, mieux ça vaudrait.

Kira jeta son sac sur l'épaule. Guidée par Élias, elle longea la rive du lac, jusqu'à l'endroit où le jeune homme avait rencontré Nolita. Une fois au bord du torrent, le cavalier scruta les arbres. Nolita avait disparu.

— Elle s'est encore enfuie, constata-t-il.

— Non, souffla Kira. Elle nous observe.

Élias fouilla la forêt du regard, mais Kira le rappela à l'ordre :

— Un peu de discrétion ! Fais comme moi, ordonna-t-elle en ramassant un galet et en le lançant vers le torrent.

La pierre ricocha à la surface de l'eau. Élias l'imita, avec beaucoup moins d'adresse.

— Je suis une chasseuse, expliqua Kira à mi-voix. Je sais repérer mes proies. Nolita se cache dans les arbres.

Elle jeta un autre galet et reprit :

— Nous allons la débusquer. Va chercher du bois pour le feu.

— Que comptes-tu faire ?

— Préparer le déjeuner. Nolita doit être affamée. Le vent souffle dans la bonne direction. L'odeur de la viande rôtie la fera sortir de sa cachette.

Le jeune homme essaya de trouver une faille dans le plan de Kira. Il fut forcé d'admettre que la cavalière était pleine d'astuce. Il s'exécuta sans broncher.

La rive regorgeait de bois flotté. Kira disposa les branches en pyramide, ouvrit son sac en et sortit un morceau d'amadou, qu'elle posa au milieu de la pile. Puis, à l'aide de sa pierre à briquet, elle fit jaillir des étincelles sur l'amadou. Une flamme minuscule apparut. Kira souffla doucement dessus, et les brindilles s'embrasèrent. Ensuite, elle ajouta de gros morceaux de bois. Bientôt, des langues de feu orange léchèrent le cône de branchages.

Kira prit dans son sac des lamelles de viande séchée enveloppées dans des feuilles et une poêle. Elle enduisit le fond de celle-ci de graisse de cerf et y laissa le bout de gras : cela donnerait du goût à la viande.

Au fond du sac, il y avait son petit sachet d'herbes. Kira en choisit quelques-unes, qu'elle émietta sur la graisse. Elle rangea le sachet, ajouta la viande et tendit la poêle au-dessus des flammes. En quelques secondes, la nourriture se mit à grésiller. Une odeur délicieuse embauma l'air. Élias en eut l'eau à la bouche. Il haussa les sourcils en signe d'admiration : Kira procédait avec méthode et assurance.

— Nous allons devoir manger pour attirer Nolita, déclara-t-elle. Je pense que tu n'y verras aucune objection ?

Élias acquiesça :

— Tu penses bien.

Il était près de midi, et le jeune homme n'avait toujours rien avalé. Son estomac criait famine.

— J'ai vu des noisetiers à la lisière de la forêt, lui annonça Kira. Peux-tu aller cueillir quelques noisettes ? Elles accompagneront la viande à merveille. Et... tu risques de croiser Nolita, en chemin.

« De croiser le *couteau* de Nolita », rectifia Élias à part soi. Le cavalier-dragon se mordit la langue. Puisque c'était Kira, la spécialiste, pourquoi n'allait-elle pas cueillir les noisettes elle-même ? En plus, ce n'était pas encore la saison. Ou peut-être que si. Peut-être qu'en Riquamée les noisettes mûrissaient plus tôt qu'en Fiquare. Mais Élias n'avait pas envie de passer pour un lâche, et encore moins pour un idiot. Il se dirigea vers l'orée du bois à grandes enjambées.

Il avait raison. Pas l'ombre d'une noisette. Il dénicha des pignons de pins, trop verts pour être mangés. Élias eut un large sourire. Il adorait avoir raison.

La voix de Nolita retentit juste derrière lui :

— Pas un geste !

En sentant la pointe du couteau au creux de ses reins, Élias étouffa un juron. Un frisson le parcourut des orteils à la racine des cheveux. Il s'était encore fait avoir. Il n'avait rien entendu.

Lentement, il leva les mains.

— *Tu n'as rien entendu parce que tu n'écoutes pas*, ricana Auri dans son esprit. *Ne t'inquiète pas : Nolita n'a pas l'intention de te faire du mal.*

— Tourne-toi, ordonna la jeune fille. Dépêche !

Je n'ai pas toute la journée ! Garde tes mains bien en évidence. En avant ! Tu vas dire à ton amie de me donner à manger !

— Inutile de me menacer, Nolita, répondit Élias d'une voix rassurante. Si tu voulais de la nourriture, il te suffisait de le demander.

Nolita avait observé Élias s'approcher de la lisière de la forêt et examiner les pins. Que cherchait-il ? Des pignons ? Ils n'étaient pas encore mûrs !

Elle s'était éloignée du gros tronc d'arbre qui la dissimulait et avait avancé vers le jeune homme à pas de loup. Plus déterminée que jamais, elle lui avait touché le dos de la pointe de son arme. Elle avait pris Élias par surprise, mais il avait eu l'air plus irrité qu'effrayé. Elle brandissait pourtant un couteau !

Maintenant, il était trop tard pour reculer. Cela faisait des jours qu'elle tentait d'échapper au monstre. Des jours qu'elle mourait de faim. Des jours qu'elle essayait de se persuader qu'elle n'était pas folle. Le monstre lui avait parlé dans sa tête. Proposé de la nourriture. Fait semblant de s'intéresser à elle. Il était rusé, mais Nolita n'était pas tombée dans le piège. Elle avait refusé chaque fois. À présent, avec cette odeur de viande rissolée qui lui chatouillait les narines, elle avait des nœuds dans l'estomac.

Élias avait prétendu être un cavalier, or Nolita ne voyait aucun monstre. Alors autant sauter sur l'occasion. Si Élias avait menti, elle saurait se défendre.

La faim l'emportait sur la peur. La jeune fille sentait ses forces l'abandonner. Si elle ne mangeait pas très vite, les loups viendraient la dévorer. Elle faillit lâcher son arme et s'enfuir vers la forêt, puis elle se ressaisit. Les cavaliers avaient à manger. Son plan était infaillible : prendre leur nourriture et repartir se cacher dans les bois. Le monstre n'y verrait que du feu. Elle raffermit sa prise sur son couteau.

— Passe devant, les mains en l'air, ordonna-t-elle à Élias. Et ne tente rien de stupide. Tout ce que je veux, c'est manger.

— D'accord, répondit le cavalier d'une voix posée.

Nolita eut un accès de jalousie. Ce garçon était courageux. Comment pouvait-il garder un tel sang-froid avec un couteau à deux centimètres des reins ? La jeune fille haussa les épaules. Elle n'avait pas envie d'être comme lui. Jusqu'à présent, c'était sa peur qui l'avait maintenue en vie. Sa peur qui la rendait forte.

Ils parvinrent rapidement à la rive où flambait le petit feu. Dès qu'elle aperçut Kira, Nolita haleta.

— Qu'y a-t-il ? s'inquiéta Élias.

Horrifiée, Nolita dévisageait la cavalière-dragon. Celle-ci leva les yeux de sa poêle et lui adressa un sourire amical.

— Bonjour, Nolita, fit-elle. Je t'attendais. Assieds-toi, le repas est bientôt prêt.

— Qu'est-il arrivé à... à ton visage ? bégaya la jeune fille.

— Ce sont des signes tribaux, expliqua Kira. Ils sont peints avec de la...

— Non, ta peau ! l'interrompit Nolita. Elle est noire ! Dans mon village, on dit que ce sont les démons, qui ont la peau noire !

À la fois gênée et terrifiée, Nolita crut que la fille allait se mettre en colère. Au lieu de cela, elle éclata de rire :

— Certains garçons m'ont déjà traitée de démon, mais c'était après que je les ai battus à la lutte. Je t'assure que je n'en suis pas un. En Fiquare, la majeure partie de la population a la peau noire. Élias peut te le confirmer... Sers-toi ! La viande est à point. Ce serait dommage de la laisser refroidir.

Nolita considéra la nourriture d'un œil suspicieux.

— Toi d'abord, ordonna-t-elle à Élias.

Kira haussa un sourcil amusé. Trop heureux de pouvoir manger le premier, le garçon s'empara d'un morceau de viande et mordit dedans à belles dents.

— Allez, avale ! gronda Nolita.

Élias obtempéra et enfourna un autre bout.

— ‘u es un vrai ‘ordon-bleu, Kira ! s'exclama-t-il, la bouche pleine.

Nolita attendit une poignée de secondes. Élias était en pleine forme, la nourriture n'était donc pas empoisonnée. La jeune fille planta son couteau dans une lanière de viande et croqua dedans. Le morceau lui fondit dans la bouche. Elle en eut mal aux mâchoires.

— Assieds-toi, répéta Kira en désignant un rocher

plat près du feu. Nous avons le temps. Si tu as vraiment faim, je peux faire frire plus de viande. Il m'en reste. J'ai cru comprendre que tu avais des problèmes avec un dragon. Tu veux en parler ? Élias et moi pouvons peut-être t'aider...

En entendant le mot « dragon », Nolita tressaillit. Son cœur s'emballa et ses yeux se mirent à fouiller chaque recoin du paysage. Le monstre n'était pas là, mais la Riquaméenne resta sur ses gardes.

— Je ne préfère pas, répondit Nolita, une fois rassurée. Merci pour la viande. Elle est excellente. Je n'avais pas fait un aussi bon repas depuis des jours.

— Comme tu voudras, lâcha Kira en attrapant son sac à dos.

D'instinct, Nolita leva son arme, qu'elle abaissa dès qu'elle vit Kira en sortir un énorme morceau de viande. Un peu confuse, la Riquaméenne se détendit. Kira versa le reste de la viande frite dans un bol et jeta l'autre bout dans la poêle. L'estomac de Nolita protesta : elle avait encore très faim.

— Combien de temps penses-tu qu'elle tiendra ? demanda Kira à Élias.

— Une semaine ou deux, pas plus, répondit le jeune homme sans accorder un regard à Nolita.

— Nous sommes des cavaliers-dragons. Nous devons l'aider, renchérit Kira.

Nolita se tourna vers Élias. Que se passait-il ? Les cavaliers lui avaient-ils tendu un piège ? Étaient-ils en train de l'engraisser pour que le monstre puisse la dévorer ?

— C'est notre devoir, approuva Élias.

C'était la fille à la peau noire qui menait la danse. Le blond, lui, ne faisait que suivre.

Soudain, un grand souffle d'air agita les feuilles des arbres. Nolita se leva d'un bond et fit volte-face, couteau brandi. Elle crut qu'elle allait s'évanouir. Sa vision se brouilla, et une vague de panique la submergea. Juste au-dessus d'elle, il y avait *deux* monstres. Le bleu – celui qui la pourchassait – et un doré, aux écailles brillantes. Ils survolaient en silence la cime des arbres et semblaient remplir le ciel. Nolita ne vit que leurs ailes géantes, leurs horribles cornes et leur corps plein de piquants. Les monstres descendirent vers elle. Le cœur de Nolita battit à se rompre. *Ils* allaient atterrir ! Elle devait fuir vers la forêt.

La jeune fille lâcha son bol et se mit à courir. Elle n'avait pas dit son dernier mot. Les monstres ne s'étaient pas encore posés sur la petite plage de galets. Leurs ailes brassaient l'air en faisant tourbillonner les feuilles. Si elle atteignait les arbres, elle aurait peut-être une chance.

Nolita choisit un point entre deux pins. Sans le quitter des yeux, elle s'élança vers la forêt à la vitesse de l'éclair. Plus que dix mètres... Plus que six... Plus que deux ! Et puis, en un clin d'œil, tout bascula. Un troisième dragon se matérialisa devant elle, comme par enchantement. Emportée par son élan, Nolita le percuta de plein fouet. Les écailles souples amortirent le choc, mais leur contact la révulsa. C'en fut trop pour Nolita. Les ténèbres l'engloutirent, et elle sombra dans l'inconscience.

Élias ne s'attendait pas qu'Aurore et Vulcain interviennent. Il vit la fille courir à perdre haleine et s'effondrer comme si on lui avait claqué une porte au nez. Le piège de Kira était parfait. Quelle arrivée spectaculaire de Sabre ! Élias eut envie de tout casser. Kira avait agi dans son dos. Et elle avait trahi Nolita.

— Je présume que tu es fière de toi, persifla-t-il d'un ton venimeux. Nolita ne nous fera plus jamais confiance. Tu aurais pu m'avertir ! Tu n'en as pas assez de jouer en solo ?

Kira le regarda avec calme. Droit dans les yeux. Elle mit un autre morceau de viande à frire.

— Vas-y, défoule-toi, rétorqua-t-elle. Quand on crie un bon coup, on écoute mieux les autres, après.

Élias crut qu'il allait s'étrangler de fureur. Il faillit céder à la colère. Injurier Kira en tapant du pied lui ferait du bien. Et puis, son regard se posa sur la jeune cavalière : assise sur les cailloux, elle lui adressait un sourire chaleureux. Il aurait l'air complètement ridicule s'il s'emportait.

— *Calme-toi*, intervint Auri d'une voix neutre. *Kira a agi pour la bonne cause.*

Élias fulminait. Ce fut Aurore qui en fit les frais :

— *Je n'ai pas d'ordres à recevoir de toi ! Tu m'as poignardé dans le dos ! C'est déjà un comble que Nolita ne puisse pas nous faire confiance, mais si tu te mets à me faire des coups en douce, comment pourrai-je croire en toi ? Je pensais qu'on formait une équipe, toi et moi. Pourquoi t'es-tu rangée du côté de Kira ? Où est passé ton sens de la loyauté ?*

— *Ne le prends pas comme ça*, riposta Auri d'une voix glaciale. *Un duo ne fonctionne que si l'on connaît l'autre par cœur et que l'on agit en conséquence. Dès que Sabre m'a exposé son plan, j'ai deviné que tu ne serais pas d'accord.*

— *Tu m'étonnes !* tempêta Élias.

— *Tu aurais préféré gagner la confiance de Nolita. Lui prouver que les dragons ne sont pas des monstres.*

— *Quel mal y a-t-il à ça ?*

— *C'était perdu d'avance*, expliqua Auri, placide. *Quand on a peur de quelque chose, on fait la sourde oreille. Nolita aurait mis des mois à consentir à t'écouter. Le temps nous est compté. L'Oracle s'impatiente.*

— *Et c'est pour ça que vous avez fait mourir de peur cette pauvre fille !*

— *Elle n'aura plus peur après son baptême de l'air*, répondit calmement Auri.

Cette fois, Élias s'exprima à voix haute :

— Tu es folle ! Si vous l'obligez à voler, elle va se jeter dans le vide !

— *Pas si tu l'accompagnes sur mon dos. Et pas si tu l'attaches à la selle.*

Chapitre quatorze

La bataille

Attacher Nolita à la selle... Auri en avait de bonnes ! La Riquaméenne avait passé une nuit horrible. Elle était revenue à elle alors qu'ils étaient en train de la ligoter et avait aussitôt tenté de s'échapper. Kira l'avait calmée en la menaçant de son couteau. Élias avait serré les nœuds, mais pas trop. Il gardait un très mauvais souvenir de sa nuit au camp des chasseurs de dragons.

Dès que Nolita comprit ce qu'Élias et Kira projetaient de faire, elle se débattit comme un animal sauvage. Plutôt mourir que de chevaucher un dragon ! Elle donna des coups de pied, mordit Élias et cracha au visage de Kira. Auri dut intervenir. Elle approcha sa tête de la jeune fille et retroussa les babines. À nouveau, Nolita perdit connaissance.

— Trop aimable à toi, marmonna Élias en asseyant Nolita devant lui sur la selle.

— *Dépêche-toi, Élias. L'aube approche.*

— Je sais, je sais ! s'énerva le jeune homme. Peux-tu m'aider, Kira, s'il te plaît ? Attache-la bien pendant que je la maintiens en place.

Kira s'activa avec zèle et contempla le corps inerte de Nolita, ficelé comme un saucisson sur la selle d'Aurore.

— Si elle panique, il te faudra la maîtriser, annonça-t-elle à Élias. Tu t'en sens capable ?

— Je n'ai pas le choix. L'aube ne va pas tarder. Nous devons partir.

— Bonne chance, lança Kira avec sincérité.

Élias l'observa grimper sur le dos de Sabre. Le caractère de la Fiquarienne était une véritable énigme. Elle semblait se moquer de son avis et le considérer comme un incapable. Élias poussa un soupir. Que faire pour gagner son respect ?

Nolita remua. Élias lui passa les bras autour de la taille et la redressa en position assise. Quand Aurore prit son élan, la jeune fille se réveilla en hurlant et tenta de se libérer.

— Arrête ! lui cria-t-il à l'oreille. Je ne suis pas attaché, moi ! Si je glisse, je devrai te lâcher pour me tenir, et tu passeras le reste du voyage la tête en bas !

Nolita se raidit et cessa de gigoter, mais pas de hurler. Le dragon accélérait encore. Quand il s'éleva dans les airs, Nolita avait les muscles aussi tendus que la corde d'un arc. La panique suintait par chaque fibre de son corps. Lorsqu'elle aperçut le portail, elle se contracta davantage. Élias eut l'impression qu'elle allait se changer en bloc de marbre. Il imagina ses yeux bleus écarquillés devant le tourbillon grisâtre suspendu au-dessus du lac.

Une fois de plus, les émotions eurent raison de Nolita. Elle s'évanouit dès qu'Auri franchit le seuil de la brèche.

« Tant mieux, songea Élias en sentant une rafale le frapper de plein fouet. Nolita n'est pas vêtue pour affronter le froid polaire. Nous allons devoir descendre rapidement, sinon elle mourra frigorifiée. »

Il faisait grand jour, de l'autre côté de la brèche. Élias contempla le paysage, à des centaines de lieues au-dessous de lui. L'air était rare. Sa respiration s'accéléra.

— Pourquoi sommes-nous si haut ? s'étonna-t-il.

Aurore semblait perplexe.

— *Je ne sais pas*, répondit-elle. *Mes sens draconiques nous ont conduits ici ; il doit y avoir une raison... Attention !*

Élias entendit un son saccadé et répété, suivi d'un bourdonnement continu. Ils étaient revenus au pays des drôles de machines volantes ! Là, au-dessus d'eux, un appareil ! Et plus loin, trois autres, autour des trois dragons ! Ils étaient encerclés !

Soudain, Élias sentit plusieurs piqûres dans le flanc. Il grimaça. C'était une douleur diffuse, très désagréable. Il mit quelques secondes avant de se rendre compte qu'Auri était légèrement blessée.

— *Aïe !* protesta le dragon. *Je ne sais pas ce que*

crachent ces engins, mais c'est bien plus douloureux que les balles de mousquet ! Filons ! Si toi, Kira ou Nolita êtes touchés, nous serons dans de sales draps.

Élias se dévissa le cou ; les engins avaient disparu.

— *Il y en a un autre !* s'écria Aurore.

D'instinct, Élias se baissa. Une machine les survola en rugissant. Avec un mélange d'horreur et de fascination, il observa le nouveau venu envoyer une salve de feu meurtrier vers les autres engins. À quatre contre un, c'était du suicide. L'homme était incroyablement courageux, ou fou à lier.

Les mâchoires serrées, Jack leva la tête. Sans réfléchir, il fonça sur l'appareil ennemi, comme une flèche vers sa cible.

L'avion prit de la vitesse. Le vent fit siffler les câbles. Tel un faucon fondant sur sa proie, il continua de descendre. Toujours plus bas. Toujours plus vite. Quatre Albatros allemands en vue. Ennemi en formation.

Et soudain, trois énormes engins surgirent de nulle part. Les avions ennemis se dispersèrent.

Avec un juron bien senti, Jack abaissa brutalement le manche vers la gauche. Il avait évité la collision de peu.

Mais cette fois, pas d'erreur : c'étaient bel et bien des dragons. Un bleu, un gris et un doré. Ils volaient en V, le doré en tête. D'où venaient-ils ? Que faisaient-ils ici, en pleine guerre mondiale ? L'appareil ennemi de tête ouvrit le feu sur la créature dorée.

« Réaction normale, se dit Jack. Moi aussi, j'aurais tiré. » Il vit les balles traçantes de l'Allemand atteindre leur cible. À sa grande surprise, le dragon poursuivit sa course, apparemment indemne.

À la droite du doré, le dragon gris disparut à nouveau.

— Pincez-moi, je rêve ! s'exclama le pilote.

Il ne voulait pas savoir ce qui se passait. Un dragon invisible ? Cela défiait la logique.

À présent, Jack survolait dragons et Albatros. Les créatures lui avaient rendu service : les Allemands avaient rompu leur formation. Il ajusta sa trajectoire et fonça vers l'appareil de tête. À trente pieds, il se trouvait sous la queue de l'Albatros. Le pilote ennemi ne s'était aperçu de rien.

« Pauvre gars, pensa-t-il. Tu vas mourir sans rien comprendre. »

Jack arrivait par-derrière. Il préparait un coup bas, mais on était en guerre. Il leva sa mitrailleuse au maximum et ouvrit le feu tout en redressant et en abaissant plusieurs fois le manche. Il eut l'impression de conduire une voiture de course lancée à pleine vitesse sur une route truffée de nids-de-poule. Les impacts tracèrent des lignes en pointillé dans le ventre de l'Albatros.

Jack n'eut pas besoin de regarder. Lorsqu'il entendit l'explosion, il sut qu'il venait d'ajouter une victoire à son tableau de chasse. Il vira à gauche et vit l'avion tomber en vrille, un panache de fumée noire dans son sillage. Il n'eut pas le temps de savourer son triomphe : une rafale de balles creva l'aile de son appareil.

L'ennemi revenait à la charge. Jack repéra deux Albatros : un à gauche, l'autre à droite. Où était le troisième ? Peut-être à la poursuite des dragons ? Le pilote réprima un rire. On était en plein délire. Et voilà qu'on lui tirait encore dessus ! Cette fois, l'ennemi se trouvait au-dessous de lui. Un câble céda avec un claquement métallique et cingla l'air. D'autres projectiles atteignirent l'avion de Jack. Le troisième Albatros n'avait pas poursuivi les dragons – il était en train de le prendre à son propre piège.

Le pilote anglais résuma la situation : il était seul contre trois, avec une aile transformée en gruyère. Les dragons avaient disparu.

Pris en sandwich, Jack fit un looping sur la droite. Deux engins ennemis frôlèrent la collision. Un nouveau looping, et Jack put décocher une courte rafale. Manqué ! Qu'à cela ne tienne : malgré sa position défavorable, il avait plus d'un tour dans son sac.

Les quatre appareils perdaient rapidement de l'altitude. Impossible d'effectuer autant de loopings sans descendre de plusieurs dizaines de pieds. À dix mille pieds, Jack fit la grimace. Le combat prenait une fâcheuse tournure. S'il n'arrivait pas à abattre un deuxième Albatros, il ne donnait pas cher de sa peau.

Jack combattit avec astuce et sang-froid, dans une sorte de transe qui lui fit perdre la notion du temps. L'adrénaline le poussait. Par moments, il manœuvrait plus habilement que l'un de ses adversaires et se retrouvait en position d'attaque. Mais la seconde d'après, une volée de balles s'enfonçait dans sa carlingue. La bataille se poursuivit quelques minutes, sans pitié.

À six mille pieds, Jack vit le sol verdoyant se rapprocher dangereusement. Le pilote anglais était resté lucide ; le vent le déséquilibrait, sa carlingue était criblée de trous, mais il tint bon. Et soudain, sa mitraillette s'enraya. Cette fois, il lui fallait atterrir en catastrophe. Il avait un plan : se cacher dans les nuages, attendre que l'ennemi s'éloigne et se poser. Il se dirigea en oscillant vers un gros cumulus et jeta un regard en arrière. Bon sang ! Les trois Albatros lui filaient le train ! Il pouvait faire une croix sur son plan génial.

Ignorant les balles qui crépitaient autour lui, il pinça les lèvres, prit un virage serré à droite et fonça sur un Albatros.

Quitte à tirer sa révérence, autant entraîner un ennemi avec lui.

Posté au-dessus des avions, Élias observait le combat aérien, le cœur serré.

— *Ils vont le tuer, Auri !* s'exclama-t-il. *Cet homme nous a sauvé la vie. Nous devons l'aider !*

— *Non !* aboya le dragon de l'aube. *Nous ne devons pas intervenir dans ce monde, sauf en cas d'extrême nécessité. Qui te dit qu'il a volé à notre secours ? Nous sommes tombés au milieu d'une bataille qui ne nous regarde pas. Il faut atterrir discrètement. Trop de Terriens nous ont vus.*

Élias protesta :

— *Tu l'as dit toi-même : ce sont tes sens draconiques qui nous ont conduits ici. Le hasard n'a rien à voir là-dedans.*

— *J'ignore si c'est pour sauver la vie à un inconnu,* précisa Auri. *Les sens draconiques ne sont pas assez précis.*

Élias s'entêta :

— *Et les quatre autres, dans ces machines volantes ? Tu ne crois pas qu'ils vont raconter à tout le monde qu'ils ont vu des dragons ?*

— *Les dragons ne se battent que pour une juste cause,* insista Auri. *Qui sont les bons ? Qui sont les méchants ? Le sais-tu, Élias ? C'est cet homme qui a engagé le combat. C'est donc à lui de le finir. Tout seul.*

Le souffle court, Élias observa le ballet aérien. Les trois engins aux ailes peintes de croix noires encerclaient celui décoré de cercles colorés. À un contre trois, l'inconnu n'avait aucune chance. Il manœuvrait avec ruse et dextérité, mais ses ennemis se rapprochaient. Ils allaient l'avoir à l'usure.

À court d'arguments, le jeune homme s'écria :

— Et si tu lisais dans ses pensées ?

— *Comme tu voudras*, répondit Auri sur un ton résigné.

Quelques secondes s'écoulèrent. Et puis :

— *Si je m'attendais à ça...*

— Qu'y a-t-il ? s'impatienta Élias.

— *C'est le même homme que nous avons croisé la dernière fois.*

Élias sauta sur l'occasion :

— C'est sûrement un signe ! Cette bataille est un tournant de l'histoire ! Tes sens draconiques t'ont attirée ici deux fois. Au même endroit. Vers le même homme. Ce n'est pas une coïncidence.

— *Tu as peut-être raison*, admit Auri.

— Alors il faut faire quelque chose pour lui, conclut Élias. Et vite !

— *J'en informe les autres. Accroche-toi*, ordonna son dragon.

Auri replia les ailes et plongea dans le vide. Élias serra les bras autour de Nolita, qui menaçait de glisser à chaque instant. Le vent les gifla violemment. Auri força l'allure. Élias songea à sa première rencontre avec le dragon, lorsqu'il était tombé du Doigt du diable. À présent, il tombait en chute libre, à une vitesse similaire.

Sans tourner la tête, Élias risqua un coup d'œil à gauche, puis à droite. Vulcain et Sabre piquaient eux aussi vers les machines volantes. Si les combattants avaient levé les yeux, ils auraient vu une belle ligne de trois dragons fondre sur eux. Un peu plus bas, Vulcain et Sabre se cachèrent derrière un nuage. Lentement, Auri déploya ses ailes et ralentit sa course.

Avec l'élan, le corps de Nolita se fit plus lourd. Plaqué contre le dos d'Auri, Élias banda ses muscles pour empêcher la jeune fille de basculer en avant.

Le dragon fit un vol plané ; la pression se réduisit, mais Élias n'eut pas le temps de souffler. Auri disparut dans un gros cumulus. Des aiguilles de glace lui piquetèrent le visage. Quand ils en émergèrent, le cavalier expira profondément. Il avait retenu sa respiration tout le long.

Il était temps qu'ils interviennent : l'homme fonçait droit sur ses ennemis. L'avant de sa machine légèrement levé, il ne vit pas les dragons approcher.

Auri plongea sous le ventre de l'engin, remonta en flèche, et se retrouva nez à nez avec les trois appareils ennemis. À nouveau, Élias entendit crépiter les balles. Les fragments mortels sifflèrent à ses oreilles. Plusieurs atteignirent Auri au cou, aux ailes et au poitrail. Élias étouffa un halètement de douleur.

Ils se rapprochaient de l'ennemi à vitesse grand V. Le garçon se coucha sur la crête d'Auri et poussa Nolita en avant. Toujours inconsciente, la jeune fille n'offrit aucune résistance. Il entendit Vulcain cracher un jet de flammes, sentit une vague de chaleur intense, puis plus rien. Auri se remit à battre des ailes en rythme et amorça un large virage. Le cœur au bord des lèvres, Élias se rassit et regarda derrière lui. Deux engins, réduits en miettes par Aurore et Sabre, piquaient en chute libre vers le sol. Transformé en torche par Vulcain, le troisième dégringolait en spirale, environné d'une épaisse fumée noire.

Brusquement, Élias se sentit coupable. C'était lui qui avait ordonné aux dragons de détruire ces machines. Lui, qui avait décidé de tuer ces trois hommes. Au début, il avait cru prendre la bonne décision. Maintenant, il n'en était plus aussi sûr.

Il repensa aux symboles noirs des engins détruits. Sur Treer, cette croix anguleuse aurait très bien pu être un signe du Roi des Enfers.

— *Mon instinct me dit que nous avons bien agi*, le rassura Auri.

— Voilà l'homme ! s'exclama Élias, ravi. Regarde ! Il nous fait signe !

— *Quoi qu'il raconte à ses amis, je doute qu'ils le croient*, ricana Aurore.

Le pilote passa devant eux en remuant les ailes et en agitant la main. Puis il disparut dans le lointain.

— *Partons*, décida le dragon doré. *Je pense que notre rôle s'arrête là.*

COMBATS AÉRIENS

Escadrille : 60.

Date : 24.09.1916.

Type et n° d'avion :
Nieuport A215.

Heure : 11 h 15.

Dénomination : Vickers.

Type de mission : spéciale.

Pilote : Cap. J. Miller, détenteur de la Croix militaire.

Altitude : 15 000 pieds.

Témoin : aucun.

Lieu : région d'Arras.

Remarques sur les machines ennemies
(dénomination, vitesse, etc.)

Albatros C.

Rapport

10 h 30 : quitte aérodrome. 11 h 15 : engage combat avec 4 Albatros C à 15 000 pieds d'altitude. Dès le début du combat, vois 3 objets volants non identifiés apparaître devant formation ennemie. Estimation de la taille des OVNI : deux fois plus longue qu'un Albatros. Envergure : env. 15 m. Ont la forme de dragons avec ailes articulées. Vois appareil ennemi (AE) de tête tirer sur OVNI de tête sans dommage apparent. À 50 pieds, tire env. 100 balles traçantes dans fuselage d'AE de tête, qui explose et tombe en vrille.

Contre-attaque concertée des 3 AE. Combat livré entre 15 000 et 6 000 pieds. Vickers enrayé. Réapparition des engins en forme de dragons. Destruction des 3 AE près d'Arras. 2 éperonnés, 1 détruit par lance-flammes inconnu. 12 h 20 : retour à la base.

Confirmation de destruction des 4 AE par l'armée américaine.

J. Miller

Mémo de guerre
de l'armée britannique

26.09.1916

Hugo

Veuillez trouver ci-joint le rapport de combat.
Nous venons de recevoir la confirmation de la destruction de quatre AE par les compagnies au sol basées près d'Arras. Or, le capitaine Jack Miller affirme n'en avoir abattu qu'un seul.

Le cap. Miller déclare avoir vu des machines « en forme de dragons avec des ailes articulées ». Cette allégation est ridicule. Ce type d'engin n'existe pas. Son commandant pense qu'il souffre d'hallucinations dues au stress de la guerre. Il l'a renvoyé chez lui avec une permission spéciale de deux semaines.

Aucun pilote allié ne déclare avoir abattu ces appareils dans la région.
Que s'est-il passé ?

Maurice

Lieutenant général Maurice Tremelayne

Mémo de guerre
de l'armée britannique

27.09.1916

Maurice

J'ai lu votre mémo du 26.09.1916 concernant le cap. Miller. Vous avez raison. Il divague.
La permission spéciale était la meilleure solution. Je vous suggère d'envoyer une note à son commandant : une fois rentré à la base, Miller se verra interdit de mission solo pendant quelques semaines.

Hugo

Maréchal Hugo Fitzpatrick

Chapitre quinze

Des réponses surprenantes

Pour l'atterrissage, Dent-de-Sabre s'était à nouveau camouflé. Aurore et Vulcain sortirent des nuages ; les trois dragons se posèrent à l'orée d'une clairière et allèrent se cacher parmi les arbres. S'il y eut un témoin, il ne se manifesta pas. Kira mit pied à terre et vint aider Élias à détacher Nolita.

— Elle est glacée, constata la Fiquarienne en l'allongeant par terre.

— *Vulcain va la ranimer*, assura Auri à Élias et à Sabre, qui transmit l'information à sa cavalière. *Si Nolita a un peu de bon sens, elle comprendra que chevaucher un dragon du jour comporte de nombreux avantages. Vulcain est foncièrement bon. Une fois guérie par son souffle, Nolita le saura. Reculez, tous les deux.*

Élias et Kira s'éloignèrent, et Vulcain s'avança. Ses écailles bleu roi tranchaient sur le vert de la forêt. Il tendit le cou ; du bout du museau, il effleura l'épaule de Nolita.

Sans quitter le dragon bleu des yeux, Élias chuchota à l'oreille de Kira :

— J'espère qu'il ne va pas allumer un incendie.

— Impossible, répondit la Fiquarienne d'une voix rauque. Sabre m'a assuré que le feu curatif ne brûlait pas.

Vulcain battit des cils, plissa les paupières et ouvrit la gueule toute grande, comme pour engloutir la jeune fille inconsciente. Il prit une longue inspiration, puis, avec d'infinies précautions, exhala un nuage de flammes bleues qui enveloppa le corps de Nolita.

Le temps sembla ralentir sa course. Quand il eut terminé de souffler, Vulcain releva la tête et recula de quelques pas. Élias se secoua, comme s'il s'éveillait d'un sommeil hypnotique. Regarder un dragon du jour cracher son feu curatif, c'était basculer dans un monde de magie.

Nolita s'étira. Élias et Kira se précipitèrent pour l'aider à s'asseoir. Elle avait les mains chaudes et le teint rose. Lorsqu'elle ouvrit les yeux, une gamme d'émotions contradictoires se lut sur son visage : bien-être, surprise, horreur, dégoût, et enfin incompréhension.

— Où suis-je ? demanda-t-elle en regardant autour d'elle avec des yeux effrayés. Que m'avez-vous fait ? Je me sens... différente.

Kira lui adressa un sourire encourageant.

— Repose-toi, éluda-t-elle.

Maintenant que Nolita allait mieux, Élias pensa à Auri. Les armes à feu lui avaient percé la poitrine en de multiples endroits. Elle devait perdre beaucoup de sang ! Il se rua vers elle.

— *Je vais bien*, le rassura Auri. *Les balles étaient douloureuses, mais elles n'ont pas traversé mes écailles.*

— *Je les ai senties*, opina Élias en repérant des points rouges sur la peau dorée du dragon. *Vulcain pourra-t-il te soigner ?*

— *Sans aucun problème*, affirma Auri. *Dès que tu te seras écarté.*

Le jeune homme laissa Vulcain s'occuper du dragon de l'aube. Une nouvelle fois, le feu bleuté opéra des miracles. Élias en ressentit les effets à travers le lien : une énergie nouvelle afflua dans ses veines. Il avait l'impression d'avoir mangé du lion.

Nolita regarda les blessures d'Auri cicatriser avec un mélange de répulsion et d'émerveillement. Elle se tourna vers Élias et cracha :

— Vas-tu enfin me dire où nous sommes ?

— En France, avoua prudemment le jeune homme.

— Jamais entendu parler, bougonna Nolita. Comment avons-nous atterri ici ? À vol de dragon, il faudrait plusieurs jours pour quitter la Riquamée du Nord.

Elle arrondit la bouche sous l'effet de la surprise.

— Attends... Je me souviens de... d'un trou bizarre, qui tournoyait dans les airs. Et puis d'une sorte d'océan gris. L'avons-nous traversé ? Non... J'ai dû rêver, conclut-elle en hochant la tête.

Élias sourit. Pour la première fois, Nolita avait – sans le vouloir – employé le mot « dragon ». À présent, Vulcain n'était plus un « monstre », mais un « dragon ». C'était un progrès.

— Tu n'as pas rêvé, affirma Élias. Nous avons quitté Treer et voyagé grâce à une sorte de vortex – un portail entre deux mondes.

Nolita ne l'écoutait plus.

— Les arbres sont étranges, souffla-t-elle. Et le ciel n'a pas la même couleur. Et puis... quel est ce bruit ?

Élias et Kira échangèrent un regard. Nolita devait-elle en apprendre davantage ? Serait-elle assez forte pour accepter la vérité ?

— La mémoire me revient ! s'exclama-t-elle soudain. Vous m'avez ligotée et traînée jusqu'ici ! Alors maintenant, j'attends vos explications : quel est ce monde ? Et quel est ce bruit ?

Élias prit le parti de parler en toute franchise. S'il continuait à mentir, Nolita ne lui ferait plus jamais confiance.

— Aurore a le pouvoir d'ouvrir des brèches entre les mondes, expliqua-t-il. Nous devons nous rendre en Orupée. Passer par la France était le chemin le plus direct. Demain matin, Auri créera un autre passage qui nous mènera à destination. Ainsi, nous aurons gagné plusieurs semaines.

Il fit une pause. Nolita n'allait pas apprécier la suite.

— Pourquoi attendre demain matin ? rétorqua la jeune fille avec suspicion.

— Parce que Auri ne peut ouvrir des brèches qu'à l'aube, quand les barrières entre les mondes sont très minces.

Inutile d'en dire plus. Nolita n'avait pas encore assez l'« esprit dragon ».

— Et ces explosions ? voulut-elle savoir.

— Ce pays est en guerre, répondit Élias. Les gens se battent avec des armes inconnues qui sèment la mort à plusieurs lieues de distance.

Nolita n'avait pas l'air convaincue. Comme le bruit des machines de guerre s'éloignait, elle murmura :

— Je résume : vous m'avez tendu un piège. Attachée à la selle d'un dragon. Emmenée de force en... France. Et demain, nous partons pour l'Orupée. Pourquoi ? Je ne vous connais même pas !... Oh ! J'y suis ! Vous êtes à la solde du... du monstre !

Lorsque Kira intervint, elle articula ses mots avec soin, comme si elle parlait à une enfant de quatre ans :

— C'est un peu plus compliqué. Que tu le veuilles ou non, tu *dois* te rendre en Orupée : c'est ton destin. Nul ne peut y échapper. Moi, je voulais devenir chasseuse, pas cavalière-dragon. La première fois que j'ai vu les chasseurs de ma tribu rentrer de la brousse, ils avaient si fière allure avec leur corps et leur visage peinturlurés ! Tout le village s'est précipité à leur rencontre. Nous poussions des cris de joie et applaudissions. Ils étaient traités en héros, je voulais être comme eux.

Le regard perdu dans le vague, Kira poursuivit :

— Le lendemain, j'ai commencé à m'exercer. Du haut de mes cinq ans, j'avais l'air ridicule avec mon bout de bois en guise de lance. On s'est moqué de moi, mais j'ai persévéré. Chaque fois que j'en avais l'occasion, je harcelais les chasseurs de questions. J'ai grandi. Je refusais d'abandonner. Je m'entraînais d'arrache-pied. Je m'améliorais. Et puis, un jour, les membres de ma tribu ont dû voir la réalité en face : j'étais à deux doigts de devenir une chasseuse. Une vraie. Ils ont décidé de me donner une chance et de m'envoyer chasser dans la brousse. Et peu avant le jour J, j'ai rencontré Dent-de-Sabre. Mon rêve a volé en éclats. Pourtant, j'ai accepté mon destin.

— Pourquoi ? chuchota Nolita. Tu aurais pu t'enfuir et suivre la voie que tu avais choisie !

— Non, rétorqua la Fiquarienne, la gorge serrée. Dès que Sabre m'a parlé dans mon esprit, j'ai su que nous étions faits l'un pour l'autre.

Ses yeux croisèrent ceux de Nolita. Elle y lut de la culpabilité.

— Regarde où ta fuite t'a menée, Nolita. Quand nous t'avons trouvée, tu étais à moitié morte de faim. Tu n'aurais pas tenu une semaine de plus. Refuser son destin, c'est courir à sa perte.

— Mais toi, tu es forte, protesta la Riquaméenne. Tu sais chasser. Tu...

— Peu importe, trancha Kira. Je n'aurais pas pu cacher l'existence de Sabre à ma tribu. Lorsqu'un dragon apparaît, tu dois l'accepter. Fuir ne résoudra rien. Le Créateur finit toujours par arriver à Ses fins.

— Le Créateur ? répéta Nolita, incrédule. Comme si c'était Lui qui choisissait le cavalier de chaque dragon !

— Et qui d'autre ? riposta Kira.

— Le Roi des Enfers, asséna Nolita.

Élias et Kira éclatèrent de rire.

— C'est ça, moquez-vous, grommela la jeune fille. Être lié à un dragon est une punition démoniaque. Je suis sûre que c'est le Roi des Enfers qui décide.

— Excuse-nous, enchaîna Élias, qui avait repris son sérieux. Le Roi des Enfers n'a pas le pouvoir de guérison. C'est un destructeur. Et surtout, il n'a aucun pouvoir télépathique. Il s'exprime à voix haute. C'est d'ailleurs pour ça que les prêtres ne cessent de nous répéter de tourner sept fois notre langue dans notre bouche avant de parler. Le lien qui unit un dragon et son cavalier est un lien silencieux. Celui qui t'unit à Vulcain est pur.

— Mais... Et si le monstre a été corrompu avant de rencontrer son cavalier ? insista Nolita.

Élias poussa un soupir. Cette fille était aussi têtue qu'une mule.

Kira leva les yeux au ciel. Cette fois, son ton n'avait rien d'amical.

— Es-tu sourde ou stupide ? Réfléchis un peu ! Les

dragons ne s'expriment que par télépathie ! Connais-tu des créatures infernales qui parlent dans l'esprit des gens ? Les démons ? Les zombies ? Le seul moyen de corrompre un dragon, c'est de corrompre d'abord son cavalier !

Nolita ouvrit des yeux grands comme des soucoupes.

— Tu veux dire que c'est moi qui...

— Je t'expose les faits, l'interrompit Kira en levant les mains.

Nolita lança un coup d'œil furtif aux trois dragons, en s'attardant légèrement sur Vulcain. Élias constata avec plaisir qu'il y avait moins de peur dans ses yeux. Les créatures continuaient à l'effrayer, mais elle parvenait à se maîtriser. Enfin.

— Bois un peu d'eau, lui proposa-t-il. Tu es restée longtemps inconsciente. Cela te fera du bien.

La Riquaméenne accepta la gourde qu'il lui tendait avec un signe de tête reconnaissant. Elle en versa le contenu sur ses mains et se mit à les frotter avec acharnement. Stupéfait, Élias battit des cils. Si Nolita avait franchi un pas, il lui restait encore du chemin à parcourir.

Au loin, les explosions retentirent en continu tout l'après-midi. À la nuit tombée, Nolita aperçut les éclairs illuminer la lisière orientale de la forêt. Ils étaient accompagnés de violentes détonations. Élias tenta d'en expliquer la cause à la jeune fille, mais il y renonça. Impossible de comprendre la guerre qui déchirait ce monde sans l'avoir vue de ses propres yeux.

Malgré la présence des trois dragons, Nolita s'endormit la première. Élias et Kira l'imitèrent quelques minutes plus tard. Ils pouvaient dormir en paix. Leurs valeureux amis montaient la garde.

Chapitre seize

L'Oracle

— C'est l'heure, annonça Kira.

À ces mots, Nolita se sentit submergée par une nouvelle vague de terreur. Les mains tremblantes et les jambes soudain en coton, elle s'effondra à terre en gémissant.

— Je n'y arriverai pas, sanglota-t-elle. Partez sans moi.

— C'est hors de question, martela Élias d'un ton ferme. Tu te ferais tuer. Préfères-tu voyager devant moi sur le dos d'Aurore, ou entre les griffes de Vulcain ?

— Je vais vomir, pleurnicha Nolita.

Les larmes lui coulaient sur les joues et sous le menton.

— Vas-y, l'encouragea Élias. Cela te soulagera. Et même si tu vomis en vol, ce n'est pas grave.

— *Parle pour toi, cavalier*, rectifia Auri avec un reniflement de dédain.

— *Je te rappelle que c'est toi qui as voulu aider Vulcain et Nolita*, asséna Élias. *Alors inutile de prendre tes grands airs avec moi.*

Le jeune homme sentait le mépris qu'éprouvait Aurore pour Nolita.

— Et si je t'attachais à la selle, comme hier ? proposa-t-il à la jeune fille. Cela te rassurerait ?

— Il faut que je me lave les mains, éluda-t-elle.

— Tu l'as fait il n'y a pas cinq minutes, s'impatienta Kira.

— Quand je me lave les mains, j'arrive à mieux me contrôler. Donnez-moi de l'eau.

— Plus le temps, gronda Élias.

Il la saisit par le bras droit. Kira lui empoigna le gauche, et tous deux la traînèrent jusqu'à Auri. Élias eut un pincement au cœur. Il n'aimait pas agir avec autorité, mais c'était nécessaire.

À mesure qu'elle approchait du dragon doré, Nolita tremblait de plus en plus fort. Elle frétillait comme un poisson hors de l'eau en aspirant de profondes goulées d'air. À quelques centimètres d'Auri, elle céda à la panique et vomit sur la paille qui recouvrait le sol, éclaboussant les griffes du dragon. Auri tressaillit et lança un regard assassin à Élias.

— *Je nettoierai*, lui promit ce dernier.

— *Grumpf !* répondit le dragon femelle.

Non sans mal, Kira et Élias hissèrent Nolita sur la selle et l'y attachèrent. Puis, après s'être assurée que les nœuds étaient bien serrés, Kira grimpa sur le dos de Sabre. Élias reprit sa position derrière Nolita et lui passa les bras autour de la taille. Aussitôt, la jeune fille lui agrippa les poignets avec une force surprenante.

— Je te conseille de ne pas te débattre, fit Élias. Sinon, je te pousserai en avant, et tu passeras le reste du voyage suspendue la tête en bas sous le ventre d'Auri. Détends-toi. Tout ira bien.

Pour toute réponse, Nolita lâcha un flot de bile sur le flanc du dragon.

— *Magnifique !* explosa Aurore en faisant partager sa répugnance à Élias.

Celui-ci jeta un coup d'œil à Vulcain et perçut son embarras. Élias ne pensait pas qu'un dragon pût afficher ses émotions avec tant d'évidence.

— *L'aube est proche*, déclara Auri. *Il faut partir. J'ai ouvert trop de brèches en trop peu de temps. Après celle-ci, je n'en serai plus capable avant plusieurs jours.*

Élias n'avait pas compris à quel point créer des passages épuisait Auri. Il avait senti son intense concentration chaque fois, mais il ne lui était jamais venu à l'esprit que le pouvoir du dragon était limité.

— Nous allons décoller, chuchota-t-il à l'oreille de Nolita.

Aurore s'élança dans la brume qui précédait l'aube. Élias banda ses muscles. La tête de Nolita fut projetée en arrière et lui percuta le front. Bien qu'un peu sonné, il parvint à raffermir son étreinte et à ne pas perdre l'équilibre.

Les trois dragons décollèrent côte à côte ; une fois dans les airs, ils se positionnèrent en file indienne : Vulcain en tête, puis Sabre et Auri.

Soudain, Élias ressentit des fourmillements bizarres. Au début, il crut que c'était à cause du choc, puis il devina que ce phénomène avait un rapport avec le lien qui l'unissait à Auri. Il débordait d'énergie. Il était prêt à tout dévaster sur son passage. C'était le pouvoir de l'aube. Auri l'utilisait pour ouvrir la brèche et la maintenir plusieurs minutes d'affilée, ce qui exigeait une concentration extrême.

Dès l'apparition du portail, la sensation de puissance disparut. L'énorme tourbillon aspira Élias tel un siphon géant.

Le lien entre Aurore et lui se renforçait. Avant, Élias percevait à peine les efforts de son dragon. Cette fois, quand il entra dans les limbes, il eut la certitude que c'était lui qui créait cette distorsion. Il en éprouva des sentiments mitigés : le bonheur d'être aussi proche de sa partenaire, et l'appréhension qu'il éprouverait avant chaque plongeon dans la brèche.

Quand il sortit du tourbillon, Élias était mentalement épuisé. Il avait l'impression qu'on lui enserrait la tête dans un étau et qu'on lui enfonçait des aiguilles dans le cerveau. Il se massa le crâne. Au moment où il crut défaillir, la douleur s'évanouit.

La voix d'Auri retentit dans son esprit :

— *Désolée. L'épreuve a été rude. Je vais avoir du mal à m'en remettre.*

— Comment as-tu fait pour effacer la douleur ?

— *J'ai réduit notre lien*, expliqua Auri. *Je souffre encore beaucoup ; je n'ai pas envie de t'infliger ça. La première brèche, ouverte trop longtemps avant l'aube, m'a vidée de mes forces. Je serai rétablie d'ici quelques jours.*

Élias ne pouvait imaginer son dragon souffrir tout ce temps.

— Demande à Vulcain de te soigner ! exigea-t-il.

— *Il ne peut pas apaiser ce genre de douleur*, objecta Auri. *Mais j'apprécie ta sollicitude.*

— Tu me promets que tu iras mieux ?

— *Un peu de repos, et je serai comme neuve*, affirma Aurore.

Nolita haletait. Elle luttait pour ne pas fermer les yeux. Si elle cessait de fixer le point devant elle, elle tomberait. Le spectacle était à couper le souffle. Tout autour d'elle, des montagnes couronnées de neige. Sous ses pieds, un vide vertigineux. Le cœur battant, Nolita inspira à grandes bouffées un air glacé qui lui piqua les narines. La bise transperçait ses vêtements. Elle grelotta à l'instant où elle émergea du tourbillon gris. Élias et Kira portaient une tenue chaude, eux. Le garçon lui protégeait un peu le dos, mais le reste se transformait en glaçons. Il fallait atterrir au plus vite.

— Droit devant ! Sur la crête ! s'exclama Élias.

D'abord, Nolita ne décela rien d'anormal. Puis elle repéra deux silhouettes. L'une d'elles était celle d'un dragon. Noir comme de l'encre et hérissé de piquants, il la dévisageait de ses immenses yeux orange vif. Ses cornes lui donnaient un air maléfique. Il était tapi près de l'entrée d'une grotte qui se découpait dans la paroi rocheuse, à plusieurs centaines de mètres du sol. Et apparemment, le dragon d'Élias comptait s'y poser !

Voler en montagne comportait des risques. Les vents balayant les sommets provoquaient des turbulences. Nolita se cramponna de plus belle aux poignets d'Élias.

— N'aie pas peur, je te tiens, lui assura celui-ci. Accroche-toi au pommeau de la selle. Nous allons atterrir.

Nolita perçut un soupçon d'anxiété dans la voix du cavalier. Cela n'allait pas du tout. Élias ne perdait jamais son sang-froid. Pourquoi était-il inquiet, tout à coup ? La jeune fille enfonça ses doigts dans le cuir de la selle et serra les cuisses. Elle n'aurait pas dû. Tel un étalon sauvage, le dragon de l'aube lança une ruade. Nolita crut mourir de frayeur. Le monstre avait voulu la désarçonner !

Sa respiration s'accéléra. Des points lumineux se mirent à danser devant ses yeux. Les dragons luttaient contre les courants qui menaçaient de les rabattre vers la falaise. L'entrée de la grotte se rapprochait. Et là, adossé à un rocher, Nolita aperçut un jeune homme.

Soudain, Auri se laissa tomber comme une pierre. Juste sous l'entrée de la caverne, elle battit furieusement des ailes et remonta à contre-courant. Elle se posa sur la saillie de roche avec maladresse. Par deux fois, elle faillit perdre l'équilibre. Sabre et Vulcain atterrirent avec aussi peu de panache.

Le jeune homme se leva. Grand et musclé, il avait un torse en forme de V, des yeux d'un bleu glacé, la mâchoire carrée, des lèvres minces et de longs cheveux blonds ramenés en queue-de-cheval. Nolita sentit Élias resserrer les bras autour de sa taille et devina que le Fiquarien n'aimait pas l'inconnu. Au mieux, il s'en méfiait. Pour sa part, elle n'avait qu'une idée en tête : fuir le plus loin possible du monstre qui la fixait.

— Ce n'est pas trop tôt ! s'écria Yeux-Bleus en tendant la main à Nolita pour l'aider à descendre. Voilà trois jours que je vous attends ! Qu'est-ce qui vous a retardés ?

— C'est une longue histoire, répliqua Élias.

Il glissa au sol, juste à côté de l'inconnu.

— Élias, cavalier d'Aurore, alias Auri, annonça-t-il en lui tendant la main.

— Poll, cavalier de Souffle d'Ombre, alias Ombre, répondit Yeux-Bleus en broyant les doigts d'Élias. Je suis un cavalier de la nuit. Les Gardiens m'avaient annoncé votre visite. Dépêchons-nous : l'Oracle nous appelle. Tous les quatre.

— Je sais, rétorqua Élias.

Le Fiquarien sentit les poils de sa nuque se hérisser. Il détestait la froide arrogance de ce cavalier.

— Je te présente Nolita, reprit-il.

Poll pencha la tête sur le côté et considéra la jeune fille avec curiosité.

— Pourquoi voyagez-vous ensemble ? demanda-t-il à Élias. C'est ta fiancée ?

— Pas du tout, se récria Élias. Je t'expliquerai. Voici Kira, cavalière de Dent-de-Sabre, alias Sabre, ajouta-t-il en désignant la jeune fille noire. Elle et moi venons de Fiquare.

— Enchanté, lâcha Yeux-Bleus sur un ton qui signifiait qu'il pensait le contraire. Allons-y. Ombre perd patience.

— Nous te suivons, dit Kira en lançant à Élias un regard lourd de sous-entendus.

Poll se dirigea vers la caverne sans lui accorder la moindre attention.

— J'adôôôre ce garçon, murmura Kira à l'oreille d'Élias.

L'ironie de la jeune fille rassura Élias. Elle non plus n'appréciait pas le cavalier d'Ombre.

Nolita, quant à elle, semblait en état de choc. L'atterrissage avait été difficile. Élias et Kira la soutinrent sous les aisselles.

Quand Poll approcha de l'entrée, deux Gardiens surgirent de la caverne et croisèrent leurs lances. L'un portait une cotte de mailles d'argent et un tabard brodé d'un dragon blanc. L'autre avait revêtu une armure sombre et un tabard doré brodé d'un dragon noir.

— Halte ! ordonnèrent-ils à l'unisson. Ici réside l'Oracle. Que veux-tu ?

Poll posa les mains sur ses hanches et claironna :

— L'Oracle nous a appelés depuis belle lurette. Nous sommes tous là. Pouvons-nous entrer ?

Les Gardiens examinèrent Élias, Kira et Nolita avec circonspection. Élias entendit un bruit derrière lui et se retourna : les quatre dragons les suivaient à la queue leu leu, l'effroyable dragon noir en tête.

« Pourvu que Nolita ne s'en aperçoive pas », pria-t-il en silence.

À nouveau, les Gardiens prirent la parole ensemble :

— L'Oracle vous attend.

Ils s'écartèrent et se postèrent de nouveau de part et d'autre du passage. Élias remarqua alors deux dragons, dissimulés dans d'immenses niches.

— *Les Gardiens sont donc des cavaliers-dragons*, déclara-t-il à l'intention d'Auri. *Comment sont-ils choisis ?*

— *J'ai l'impression que la perspective d'être Gardien ne te réjouit pas*, traduisit le dragon de l'aube, amusé.

— *Tu as vu juste*, avoua Élias.

— *Ne t'inquiète pas : mes sens draconiques m'affirment que nous sommes destinés à autre chose.*

— *Est-ce l'Oracle qui en décide ?*

— *Oui.*

Élias sentit sa gorge se serrer. Si l'Oracle pouvait contraindre un dragon et son cavalier à garder l'entrée d'une caverne jusqu'à la fin de leur vie, quel sort allait-il leur réserver, à Auri et à lui ?

Les quatre cavaliers s'enfoncèrent dans les profondeurs de la montagne, les dragons dans leur sillage.

Il faisait de plus en plus sombre. À intervalles réguliers, des torches fixées aux murs éclairaient leur chemin. Au bout de quelques mètres, le boyau s'élargit. Un sentier rocailleux sinuait jusqu'à une vaste salle souterraine. Des colonnes de pierre s'élevaient vers le plafond plongé dans l'ombre. Impossible, malgré la lueur des flammes, de distinguer le fond de la salle. Des grottes plus petites s'ouvraient sur les côtés. Leurs entrées étaient hérissées de stalagmites et de stalactites évoquant des bouches garnies de crocs. De temps à autre, on apercevait une lumière diffuse. Un miroitement. Quels trésors s'y cachaient ?

Peu importait. La seule chose qui comptait, c'était un trou rond de plus de cinq mètres de diamètre qui se découpait dans le sol. Il était entouré d'un muret, au sommet duquel on avait posé des statuettes représentant des dragons. Une étrange vapeur lumineuse s'en échappait. Palpitante, elle montait vers le plafond en volutes brillantes et restait suspendue au-dessus de l'orifice, prenant des formes familières qui s'effaçaient aussitôt.

Sans quitter le trou des yeux, cavaliers et dragons descendirent la large rampe et s'arrêtèrent devant la colonne de fumée chatoyante.

— *Est-ce que c'est...* commença Élias.

— ... *l'Oracle*, compléta Aurore avec révérence.

Un chuintement se fit entendre. Au début, Élias pensa au glissement d'un serpent sur le sol rocheux.

Il retint sa respiration. L'Oracle allait-il parler à voix haute, ou dans son esprit ?

— Je suis mourant, susurra une voix pénétrante.

Les quatre jeunes gens plongèrent le regard dans la vapeur frémissante. Et soudain, un visage apparut. Le visage d'un immense dragon aux yeux de feu.

— Je suis mourant, répéta la voix. C'est à vous quatre qu'il appartient de me délivrer du mal. Par deux fois déjà, j'ai chargé cavaliers et dragons de mener cette Grande Quête à bien. Par deux fois, ils ont échoué. Aujourd'hui, mon ultime espoir de survie réside en vous. Si vous échouez, je me rendrai dans l'Outremonde. Et la race des dragons s'éteindra. Je ne puis vous révéler votre destin. C'est interdit. En revanche, je puis vous donner un indice. Écoutez bien mon poème, car telle est votre Quête.

La voix de l'Oracle mourut et la tête commença à se désagréger. « Un poème ? se demandaient Élias, Kira, Nolita, Poll et leurs dragons. Quel poème ? »

Alors, en réponse à leur question muette, la voix résonna dans leur esprit :

Le temps fuse, il me faut trouver un second souffle,
Accorde-moi l'amour, fends le suaire qui m'étouffe.
Retrouve les quatre orbes, mets-les entre mes mains,
La mort, tu déjoueras en guérissant mon sein.

Cueille sous la surface ce qui porte la vie,
Traverse un flot de feu pour trouver l'antidote.

Plus de peur, plus de larmes ; l'orbe t'attend, soumis,
En haut de l'escalier du soleil patriote.

Libère l'orbe noir, car la mort, c'est ma vie,
Suis les conseils des preux, mais prends garde à la lame,
Prudence est maître mot – réflexion, bonté d'âme.
Si tu sers la justice, les menteurs seront punis.

L'orbe du crépuscule gît, fort bien protégé,
Mais à la vue de tous. À toi de le trouver.
Reflet de l'au-delà, paraissant irréel,
Il patiente dans l'ombre, attend qu'on le réveille.

La vie après la mort, la mort avant la vie...
Du combat décisif, naît une autre saison.
Prends le plus grand des orbes, symbole des dragons.
Mais gare au sacrifice – du succès, c'est le prix.

Élias battit des paupières.

— *Qu'est-ce que c'est que ce charabia ?* demanda-t-il à Auri.

Pas de réponse. Aurore était perplexe, ce qui le plongea dans l'angoisse. Si un dragon multiséculaire ne comprenait pas les mots de l'Oracle, comment le pourrait-il, lui, un simple humain ?

Soudain, la tête du dragon réapparut. Ses yeux flamboyants semblèrent transpercer l'âme d'Élias. Sonder le plus profond de son être et le laisser nu comme un ver. L'Oracle l'examina sous toutes les coutures, puis passa à Kira, Poll, et enfin Nolita.

Et le murmure retentissant reprit :

— La clé du mystère réside dans ces cinq quatrains. Tenez-en bien compte, car ils vous mèneront vers ce but pour lequel vous avez été créés. Maintes épreuves vous attendent ; vous pouvez en venir à bout. Mais prenez garde ! Ce n'est qu'unis que vous trouverez la force de triompher. Ici, point de place pour l'inimitié. Jour, nuit, aube et crépuscule doivent marcher de concert afin de mener cette quête à bien. À présent, je vous ordonne de prêter serment sur ce que vous avez de plus cher au monde. Jurez-vous de rester unis comme les doigts de la main ? Jurez-vous fidélité à l'Oracle, le Maître des Dragons ?

— Je le jure, souffla Élias sans même s'en rendre compte.

Le Dragon Fantôme avait une telle emprise sur lui qu'il n'aurait pu lui désobéir, même s'il l'avait voulu. Élias entendit les trois autres cavaliers et Aurore répéter ses paroles.

— Qu'il en soit ainsi, approuva l'Oracle. À présent, partez sans tarder. Je ne puis maintenir cette forme vaporeuse plus longtemps. Chaque orbe que vous rapporterez me fera gagner un temps précieux, mais si je ne possède pas les quatre orbes à la pleine lune de la prochaine moisson, je disparaîtrai. L'avenir des dragons repose sur vos épaules. Les dragons empruntent le sentier de la dignité depuis des millénaires. Soit ils poursuivront leur route... soit ils mourront avec moi.

Chapitre dix-sept

Le pacte

— Suivez-moi, intima Poll une fois qu'ils furent sortis de la grotte.

— Et pourquoi devrions-nous t'obéir ? protesta Kira.

Les yeux de la jeune fille lançaient des éclairs. Élias n'aurait pas aimé être à la place de Poll. La Fiquarienne était une dure à cuire.

Le cavalier d'Ombre, lui, n'était pas du tout impressionné :

— Je suis le plus vieux. J'ai seize ans. Je serai donc le chef. En plus, j'ai trouvé un bon emplacement pour bivouaquer, tout près d'ici.

— Tu peux toujours rêver ! cracha Kira. Premièrement, c'est Sabre, le plus âgé. Il a plus d'expérience que toi. L'Oracle ressemble à un dragon ; par conséquent, c'est un dragon qui doit commander.

« Un point pour Kira », songea Élias avec un sourire. Qui était mieux qualifié qu'un dragon pour résoudre l'énigme de l'Oracle ? Les dragons étaient réputés pour leur clairvoyance et leur sagesse.

— Je vous rappelle qu'on a fait un pacte, déclara soudain Nolita. L'Oracle a dit : « Ce n'est qu'unis que vous trouverez la force de triompher. » Nous n'avons pas besoin d'un chef. Nous avons besoin de cohésion.

Malgré sa timidité, la jeune fille faisait preuve de bon sens. Il fallait calmer les esprits avant que la discussion dégénère.

— Nolita a raison, approuva Élias. Nous perdons du temps. La pleine lune de la moisson aura lieu dans neuf semaines. Si Poll a trouvé un endroit où dresser un camp, allons-y. Nous en profiterons pour tenter de résoudre l'énigme de l'Oracle.

— Très bien, concéda Kira avec réticence. En selle.

Avec un regard méprisant en direction de Poll, elle sauta sur le dos de Sabre.

Nolita regarda autour d'elle, un peu perdue. Quand le visage du grand dragon était apparu dans la brume, elle avait cru s'évanouir de frayeur, comme d'habitude. Au lieu de cela, toutes ses craintes s'étaient envolées. Elle s'était découvert une force et un courage qu'elle ne se connaissait pas.

La voix s'était adressée à elle dans sa tête : elle lui avait murmuré des paroles de réconfort. Nolita avait senti chez cette entité une puissance inégalée. Les mots de l'Oracle l'avaient transformée. Pour la première fois, elle évoqua la possibilité de devenir une cavalière-dragon. Et si elle partait sauver le monde ?

Si elle ressemblait aux héroïnes des histoires que les anciens du village lui racontaient ?

Elle regarda Vulcain. Elle et lui ne faisaient qu'un. Elle ne pouvait plus le nier. Elle fit deux pas vers le dragon bleu, puis, d'un coup, son estomac se tordit. La peur revenait. Le courage insufflé par l'Oracle se volatilisait. Vulcain la dévisageait. Grâce au lien invisible qui l'unissait à lui, Nolita sentit son impatience. Le dragon avait compris que sa cavalière avait enfin accepté son destin. Il avait hâte qu'elle grimpe sur son dos.

Prise de nausée, elle se détourna.

— C'est trop dur, lâcha-t-elle dans un souffle. Je n'y arriverai pas.

— Bien sûr que si, affirma Élias. Tu n'as pas été gâtée, pour ton premier vol. Franchement, j'ai eu très peur, moi aussi. Mais rassure-toi : en règle générale, quand on vole à dos de dragon, on a l'impression de glisser dans les airs. On se sent le maître du monde. C'est une sensation grisante...

Nolita ne se ferma pas comme une huître. C'était bon signe.

— Viens, s'enhardit le Fiquarien. Où irais-tu si tu restais là ? Cet endroit est entouré de falaises inaccessibles ! Regarde ! ajouta-t-il en embrassant les montagnes d'un geste large.

— Je te crois sur parole, répondit Nolita en frissonnant.

— Monte sur le dos d'Auri, l'encouragea Élias. À moins que tu ne veuilles voler avec Vulcain ?

Nolita se raidit. Comment avait-il deviné ? Elle détailla Aurore avec un mélange de peur et de suspicion, puis lança à Vulcain un regard coupable. Le dragon la considéra avec tristesse.

À cet instant, Élias comprit que la cavalière de Vulcain avait changé. Il n'y avait presque plus de peur dans ses yeux.

La voix de Vulcain résonna dans l'esprit de la jeune fille :

— *Je sais que tu es forte, Nolita. L'Oracle l'a vu, lui aussi. J'attendrai que tu sois prête.*

Élias s'aperçut qu'elle tremblait ; il lui prit la main et murmura :

— Veux-tu que je te rattache à la selle ?

Le visage baigné de larmes, Nolita acquiesça. Aidé par Élias, elle grimpa sur la patte avant d'Auri et enfourcha la selle. Lorsqu'elle toucha les écailles du dragon, elle retira la main comme si elle s'était brûlée. Le contact lui laissa un goût amer dans la gorge. Et le vertige la reprit.

Élias fut décontenancé par cette réaction. Il adorait caresser Auri. La texture de sa peau était douce et souple, agréable au toucher.

Il passa la corde autour de la taille de Nolita, la fixa solidement à la selle et s'installa derrière elle. Le vent s'engouffrait dans la caverne. Cela provoquerait quelques turbulences. Pourvu que Nolita ne vomisse pas !

— Ça va un peu secouer, la prévint-il. Courage. Ce ne sera pas long. *Tu peux décoller, Auri*, ajouta-t-il en pensée.

Un sale moment en perspective. Sur la crête, les dragons n'avaient pas assez de place pour prendre leur élan. Et impossible de déployer leurs ailes tant qu'ils n'avaient pas quitté l'anfractuosité. Souffle d'Ombre et Dent-de-Sabre s'élancèrent dans les airs. Dans l'obscurité de la grotte, Vulcain attendait son tour. Aurore recula de quelques pas et annonça :

— *Je vais essayer de ménager notre passagère.*

— *Merci*, répliqua Élias. *Nolita est pétrifiée. Et, pour être honnête, je n'en mène pas large, moi non plus. La dernière fois que j'ai sauté d'une falaise, je ne l'ai pas fait exprès.*

Avec un reniflement moqueur, Auri se jeta en avant, comme catapultée dans les airs. Elle bondit de la falaise et déplia ses ailes, qui claquèrent tel un étendard. Élias et Nolita eurent un hoquet de stupeur. Le dragon fit une embardée, perdit un peu d'altitude, puis retrouva l'équilibre et se mit à planer dans le ciel avec grâce. Nolita poussa un cri perçant.

— Attention, la prévint Élias. Tu risques de déconcentrer Auri. Ce serait bête de s'écraser à cause de ça.

Nolita se mordit la lèvre et se cramponna au pommeau de la selle.

— *Copieur !* railla Auri dans l'esprit du jeune homme.

— *La ruse a fonctionné, non ?* sourit Élias.

— *Accroche-toi. Nous allons traverser une zone de turbulences*, l'avertit le dragon.

Aurore tenta de rester stable malgré les courants aériens. Elle glissait sur un champ de bosses invisibles, ballottée par le vent.

Elle finit par rattraper Ombre et Sabre. Vulcain les rejoignit, et les quatre dragons s'alignèrent. Ils étaient sortis de la zone de turbulences. En contrebas, l'étroite gorge se transforma en une large vallée. Ombre bifurqua à gauche et descendit vers la forêt. Deux minutes plus tard, les dragons se posaient à l'est des bois, dans un pré baigné par un ruisseau.

Élias se dépêcha de détacher Nolita. La jeune fille avait du mal à contenir sa répulsion... et Auri aussi.

Dès qu'elle eut touché le sol, Nolita tituba jusqu'au ruisseau, tomba à genoux et plongea les mains dans l'eau. À mesure qu'elle se les frictionnait, Élias vit ses traits s'adoucir et ses épaules s'affaisser.

— Je vais jeter un coup d'œil aux alentours, dit Kira en se dirigeant vers la lisière de la forêt.

Aussitôt, Poll lui emboîta le pas d'une démarche assurée. Élias se précipita derrière lui : il sentait la tension électrique entre Poll et Kira. Une dispute n'allait pas tarder à éclater.

— C'est un bon endroit, concéda Kira à contrecœur en lançant à Poll un regard oblique.

Le cavalier de la nuit eut un petit sourire suffisant.

— L'eau a l'air potable, continua la Fiquarienne. Le feuillage est dense et il y a de quoi fabriquer un abri en bois. J'ai repéré un cerf, un lapin et les oiseaux abondent. Nous pourrions envoyer nos dragons à la chasse pendant que nous allumerons un feu et monterons un abri. Qu'en penses-tu, Élias ?

— Je pense qu'il faudrait demander leur avis aux dragons, répliqua le jeune homme, qui avait retenu la leçon sur l'égalité entre humains et dragons.

Il posa la question à Aurore, puis enchaîna :

— Auri dit qu'il faut dresser le camp et prendre le temps de réfléchir à l'énigme de l'Oracle. Vulcain est d'accord.

— Sabre aussi, déclara Kira.

— Pareil pour Ombre, annonça Poll. À quatre, l'abri sera vite construit.

« C'est un début », songea Élias.

— Qu'est-ce qui cloche chez Nolita ? voulut savoir Poll. Je viens de la voir se laver les mains pour la troisième fois.

— Ce ne sont pas tes oignons, rétorqua Kira d'un ton cassant. Se laver les mains l'aide à surmonter ses deux phobies. Jusqu'à maintenant, elle ne s'en sort pas si mal.

— Et de quoi a-t-elle peur ? s'enquit Poll.

— Du vide. Et des dragons.

Le jeune homme musclé éclata d'un rire sarcastique.

Élias sentit son sang bouillir dans ses veines. S'efforçant de garder son calme, il répliqua :

— Tu trouves ça drôle ? Nolita a dû vaincre ce qu'elle redoutait le plus pour nous suivre aujourd'hui. Peux-tu en dire autant ?

— Moi, je n'ai peur de rien, fanfaronna Poll en foudroyant Élias du regard.

— Seuls les imbéciles ignorent la peur, riposta Kira du tac au tac. Même le plus brave des chasseurs en éprouve parfois. Sans peur, le courage ne veut rien dire.

Élias grinça des dents.

« Arrête de le provoquer ! avait-il envie de hurler à Kira. Tu ne vois pas que c'est ce qu'il attend ? Si tu le traites d'imbécile à tout bout de champ, notre pacte va voler en éclats en quelques heures ! »

Mais cette fois, Poll ne mordit pas à l'hameçon. Il préféra fixer Kira de son regard de glace. La jeune fille ne baissa pas les yeux.

Élias décida qu'il était temps d'enterrer la hache de guerre :

— Nous sommes tous différents et nous allons devoir faire avec. Les disputes et les insultes ne nous mèneront nulle part.

Il se tourna vers Kira :

— J'ai vu que tu étais habile de tes mains. Poll et moi allons chercher du matériel, et tu commenceras à monter l'abri. Nolita ira ramasser du bois pour le feu. Je vais demander à Auri d'organiser une partie de chasse.

Il avait parlé d'une voix ferme, sur un ton paternaliste. Presque de la même manière que Raim, lorsqu'il le sermonnait.

Personne ne protesta. Une fois les tâches distribuées, le groupe s'activa avec efficacité. Poll et Élias trouvèrent des branches droites : elles seraient parfaites pour la charpente de la cabane. Kira partit explorer le coin et choisit un endroit plat, entre deux arbres, pas trop loin du ruisseau. Elle attacha la grande branche que lui tendait Poll entre les arbres, à hauteur de taille, puis entreprit de couper les autres branches à l'aide de son couteau.

Une heure plus tard, elle avait édifié une structure en pente entre la barre transversale et le sol. Ensuite, les quatre jeunes gens ramassèrent des fougères, qu'ils superposèrent sur la charpente, la pointe en bas. Kira alla sous l'abri pour vérifier qu'ils avaient bien tout recouvert.

— Maintenant, il faut tapisser le sol de fougères, commanda-t-elle.

Ce qu'ils firent. L'épais tapis de feuillage les isolerait du froid.

La cabane fut terminée en fin d'après-midi. Étape suivante : s'occuper du feu. Poll et Élias entassèrent le bois ramassé par Nolita et allèrent chercher les grosses bûches qu'elle n'avait pas pu transporter seule.

Kira trouva du bois sec à profusion. Elle alluma le feu et mit de l'eau à bouillir.

Enfin, les quatre cavaliers-dragons s'assirent autour du feu de camp. Le bois crépitait ; les flammes dansaient. Une seule pensée occupait les esprits : l'énigme de l'Oracle.

Un grand souffle d'air annonça le retour des dragons. Ombre déposa un mouton à l'orée de la forêt. Avec un rictus supérieur, Poll aida Élias à découper la carcasse. En salant la viande, les cavaliers auraient de quoi manger pour plus d'une semaine. Ils se contentèrent néanmoins de quelques morceaux – assez pour deux jours. Ombre engloutit le reste, y compris les os.

À la nuit tombée, le ventre plein, les jeunes gens décidèrent d'étudier le poème de l'Oracle. Kira déclara :

— À mon avis, les premières lignes annoncent notre quête : *Le temps fuse, il me faut trouver un second souffle, / Accorde-moi l'amour, fends le suaire qui m'étouffe.*

— Je ne comprends pas « fends le suaire qui m'étouffe », avoua Élias.

— Un suaire est le drap qui recouvre les morts, expliqua Kira. Cela doit vouloir dire qu'on doit sauver la vie de l'Oracle. Qu'en pensent les dragons ?

À ces mots, Nolita frémit et, les jambes ramenées contre sa poitrine, elle se mit à se balancer d'avant en arrière.

— Auri a une idée, traduisit Élias. « Accorde-moi l'amour » signifie sûrement « accepte la tâche de l'Oracle ». Un dragon doit aimer son maître et lui obéir en tout, quelle que soit la mission qu'il lui confie.

— Logique, approuva Poll. Les deux vers suivants sont plus faciles : *Retrouve les quatre orbes, mets-les entre mes mains, / La mort, tu déjoueras en guérissant mon sein.* Il nous faut trouver quatre orbes et les donner à l'Oracle. Le « sein » est synonyme de « cœur ». Ces orbes empêcheront donc l'Oracle de mourir.

— Tu parles d'un génie ! marmonna Kira en levant les yeux au ciel.

— Tu ne vas pas recommencer ! gronda Élias. Souviens-toi de ce qu'a dit l'Oracle : « unis comme les doigts de la main ». Bien. Nous cherchons quatre orbes. Qui sait de quoi il s'agit ? Personne ?

— Non, mais les quatre strophes suivantes semblent expliquer comment les trouver, répondit Kira. J'ai l'impression qu'il y a un orbe pour chaque race de dragon : du jour, de la nuit, du crépuscule et de l'aube.

Agacé que la Fiquarienne ait réponse à tout, Poll leva les yeux au ciel.

— Ça paraît coller, opina Élias. Voyons la strophe du premier orbe... *Cueille sous la surface ce qui porte la vie.* Qui a une idée ?

Poll se racla la gorge et claironna :

— Le début est clair : l'orbe se trouve sous terre. Et... si « ce qui porte la vie » désignait un dragon ? Nous sommes cavaliers-dragons pour la vie, non ? Et les dragons nous portent sur leur dos. De plus, les dragons naissent dans des grottes et vivent sous terre quelque temps avant de prendre leur envol...

Kira s'humecta les lèvres et fronça les sourcils :

— Ton explication est un peu tirée par les cheveux. Selon toi, le premier orbe serait gardé par un dragon, dans un souterrain ?

— Tu as une meilleure idée ? répliqua Poll en s'allongeant sur un coude et en attrapant un morceau de viande avec son couteau.

Les deux jeunes gens s'affrontèrent longuement du regard.

— Non, finit par admettre la jeune fille. Mais j'ai du mal à imaginer un dragon vivant dans une grotte.

— Dis plutôt que tu as du mal à imaginer que j'aie raison, grinça Poll.

Kira sortit ses griffes :

— Si tu crois que je suis assez idiote pour rejeter une bonne idée rien que pour t'embêter, tu es le dernier des imbéciles !

— Vous allez arrêter, tous les deux ? s'énerva Élias. Nolita, tu as une idée ?

La jeune fille secoua la tête. Les doigts crispés, elle continuait de se balancer, comme hypnotisée par les flammes.

— Alors passons à la suite, décréta Poll. *Traverse un flot de feu pour trouver l'antidote.* « L'antidote » doit être le remède pour l'Oracle, mais le « flot de feu » ?...

Kira haussa les épaules. Élias fit un drôle de bruit avec ses lèvres.

Soudain, Nolita se raidit :

— Nooooon !

— Qu'y a-t-il ? s'inquiéta Élias en bondissant sur ses pieds.

Kira posa la main sur l'épaule de la jeune fille, qui la repoussa.

— Ne me touche pas ! rugit-elle. Ne m'approchez pas ! Je n'y crois pas ! Je ne veux pas !

— Tu ne veux pas quoi ? insista doucement Élias.

— Faire ce que me dit Vul... le monstre, pleura Nolita. Il dit savoir ce que signifient les deux vers suivants. Il dit que cette strophe me concerne. Il ment !

Elle se releva en chancelant, éclata en sanglots et s'enfuit dans la nuit.

Poll voulut la suivre, mais Élias le retint par la manche :

— Laisse-la. Elle n'ira pas loin. Je vais demander à Auri ce que lui a dit Vulcain.

Quelques secondes s'écoulèrent, et la voix d'Aurore résonna dans l'esprit d'Élias :

— *Pas étonnant que Nolita soit bouleversée. Te rappelles-tu les deux derniers vers de la deuxième strophe ?* Plus de peur, plus de larmes ; l'orbe t'attend, soumis, / En haut de l'escalier du soleil patriote. *Selon Vulcain, il existe, dans l'enclave des dragons du jour, une salle qui abrite les Marches du Soleil. Le « soleil patriote » fait réfé-*

rence au jour, l'allié des dragons bleus. D'après lui, ces vers sont un message personnel à l'intention de Nolita. C'est elle qui doit aller chercher l'orbe du jour. Pour cela, elle devra sécher ses larmes et apprivoiser sa peur.

Élias transmit l'information à Kira et à Poll.

— Et... les Marches du Soleil ne se trouveraient-elles pas dans une grotte ? interrogea Poll avec un sourire en coin. Une grotte où vivrait un dragon ?

— Il n'y a qu'un seul moyen de le savoir, répondit Élias.

Chapitre dix-huit

La séparation

— Je ne viens pas avec vous, déclara Poll.

Kira et Élias s'interrogèrent du regard.

— Et pourquoi, au nom de Treer ? riposta le Fiquarien. Nous sommes censés travailler en équipe !

— Travailler, pas voyager, objecta Poll. Ombre et moi ne serons pas les bienvenus dans l'enclave des dragons du jour. Je n'ai pas envie de prendre le risque de déclencher une émeute. Je ne suis pas le dernier des imbéciles, conclut-il à l'intention de Kira.

— Non. Seulement trouillard, persifla cette dernière.

Élias étouffa un grondement exaspéré.

— Je n'ai peur de rien, et tu le sais, se récria Poll. Ma décision est dictée par le bon sens. Accompagnez Nolita au pied des Marches du Soleil. Elle aura grand besoin de votre aide. Pendant ce temps, j'irai à la recherche de l'orbe noir. Les « preux » de l'enclave des dragons de la nuit sauront m'en dire plus.

D'un coup, Élias avait un doute :

— Tu es sûr que les « preux » sont des cavaliers de la nuit ? Ne le prends pas mal, mais j'aurais plutôt vu des cavaliers du jour dans ce rôle.

— Nolita en est la preuve vivante, railla Poll.

Un rugissement assourdissant retentit, en écho aux paroles de l'orgueilleux cavalier.

— *Qui a crié, Auri ?* interrogea Élias.

— *Vulcain. Si Poll continue d'insulter sa cavalière, il va le regretter.*

— *Je vais lui transmettre le message*, répondit Élias.

Le Fiquarien se tourna vers Poll et poursuivit à voix haute :

— Vulcain est plus petit qu'Ombre, mais si tu persistes à dénigrer Nolita, il te fera voir de quel bois il se chauffe.

Une lueur d'inquiétude s'alluma dans les yeux de Poll. Après un bref échange mental avec son dragon, il reprit son air bravache :

— Ombre n'en ferait qu'une bouchée... dans l'hypothèse où les choses s'envenimeraient. Je partirai demain matin. Dans deux semaines, je serai chez l'Oracle. Avec l'orbe de la nuit.

— As-tu réfléchi au sens du premier vers ? intervint Kira. Je n'aime pas ce passage : « La mort, c'est ma vie. » Je crois qu'il serait plus sage de chercher un seul orbe à la fois. Toutes les quêtes passent par des actes héroïques, mais bien souvent, les héros meurent.

Malgré tout ce qui nous sépare, je n'ai pas envie que l'un de nous perde la vie. Viens avec nous, Poll.

— Kira a raison, reconnut Élias. Si tu échoues, nous n'en saurons rien. Et nous perdrons un temps précieux.

Mais Poll s'entêta :

— Ma décision est prise. Le premier qui retourne voir l'Oracle laissera un message aux autres. Il est hors de question que je mette un pied dans l'enclave des dragons du jour. Je me débrouillerai très bien tout seul. En revanche, vous avez du souci à vous faire pour Nolita. Je vois mal comment vous allez la convaincre de vous suivre...

Nolita s'enfonça dans la forêt. Au bout de cinquante mètres, la peur revint comme un boomerang. Il faisait très sombre, sous les arbres. Il y avait des bruits bizarres, et des odeurs inconnues. La jeune fille avait l'impression que le danger rôdait derrière chaque buisson. Le cœur battant, elle s'arrêta et se retourna. La lueur du feu de camp la rassura. Si elle continuait à s'enfoncer dans la forêt, elle se perdrait.

Elle s'adossa à un tronc d'arbre et se laissa glisser à terre en sanglotant. Si seulement le monstre avait choisi quelqu'un d'autre ! Son frère, le courageux Balard. Ou sa sœur, l'intrépide Martre. Elle n'était que Nolita la peureuse. Nolita la pleurnicheuse. Nolita la fuyarde. La vie était injuste.

Elle repensa à l'Oracle. Dès qu'il avait posé les yeux sur elle, elle s'était sentie plus confiante. Plus forte. Elle avait eu la foi. L'espace d'un instant, elle avait cru pouvoir soulever des montagnes. Mais elle était redevenue comme avant. Petite, seule et vulnérable. Elle était indigne des espoirs que l'Oracle fondait en elle. Incapable de mener à bien la quête qu'il lui avait confiée.

Elle tenta de comprendre pourquoi elle avait toujours aussi peur des dragons. Elle en avait chevauché un à trois reprises, et rien ne lui était arrivé. Alors ?...

Et pourquoi détestait-elle le contact des écailles ? Nolita se sentit très sale, tout à coup. Elle éprouva un furieux besoin de se laver les mains. Le ruisseau se trouvait de l'autre côté du camp. Elle pourrait le rejoindre discrètement sans alerter les autres.

Bien sûr, le monstre le saurait. Il l'épiait sans cesse. Là, dans sa tête. Tapi dans un coin sombre de son esprit. Tant pis. S'il avertissait les autres, Nolita s'enfuirait. C'était ce qu'elle faisait de mieux. Elle aspirait à la solitude. À la tranquillité. À la simplicité. Au diable la Grande Quête. Les trois autres s'en chargeraient sans elle.

Les autres. Élias l'aventureux, qui adorait voler. Il était dans son élément. La farouche Kira, qui savait dompter la nature, pouvait effrayer un lion. Et Poll, grand et fort, si calme, si sûr de lui. Le Créateur aurait pu choisir l'un de ces trois-là pour la première épreuve.

Mais non. Il avait choisi Nolita. Drôle de sens de l'humour.

« Arrête de blasphémer, se réprimanda-t-elle. Père et Mère auraient une attaque s'ils entendaient tes pensées. »

Elle essuya ses larmes, prit une grande inspiration et contourna le campement, en direction du ruisseau.

Les monstres se reposaient loin du camp. Les autres cavaliers discutaient. Personne ne la remarqua. Nolita plongea les mains dans le ruisseau. L'eau pure et fraîche l'apaisa aussitôt. Sans bruit, elle entama le rituel : frotter les paumes, le dos de la main, les jointures des phalanges, et enfin les doigts, un par un. À nouveau, le sentiment d'invulnérabilité qu'elle avait éprouvé au contact de l'Oracle l'envahit. Et si le Dragon Fantôme lui avait insufflé un peu de son courage ?

Nolita retrempa les mains dans le ruisseau. Soudain, à la surface de l'eau, elle aperçut le reflet argenté de la lune majeure. La jeune fille leva les yeux. Il n'y avait pas un nuage dans le ciel. Les étoiles et les deux lunes mineures scintillaient de tout leur éclat. Nolita s'allongea sur la berge et contempla les astres de la nuit.

Nolita avait toujours aimé regarder les étoiles. Un soir, dans son village, un ancien était venu s'asseoir près d'elle et lui avait raconté comment le Créateur avait façonné le monde et les cieux.

— Que vois-tu dans le ciel ? lui avait demandé le vieil homme.

— Je vois des visages et des formes, lui avait répondu Nolita.

— Au commencement, les étoiles n'étaient pas si nombreuses, lui avait expliqué l'ancien. Chacune d'elles est l'âme d'un défunt, que la main du Créateur a placée dans le ciel. Les étoiles déversent sur le monde toute la bonté des personnes disparues. Certaines brillent plus fort que d'autres, mais si l'on regarde attentivement, toutes les âmes sont là.

Le vieillard était mort peu de temps après. Nolita avait cherché son âme dans le ciel. Son étoile devait flamboyer comme une torche.

Aujourd'hui, la jeune fille savait que l'ancien lui avait raconté des histoires. Pourtant, l'idée que l'âme continue d'exister après la mort lui plaisait. Si elle y croyait de toutes ses forces, peut-être parviendrait-elle à surmonter sa peur ?

Sa rencontre avec l'Oracle avait changé sa façon de penser. Jusqu'alors, la notion de courage n'avait été qu'un rêve. Ce soir, elle devenait une probabilité. Nolita avait une chance sur deux. Elle sourit. Un sentiment nouveau lui réchauffa le cœur : l'espoir.

La jeune fille se leva avec détermination. Elle avait une quête à accomplir. De vaillants compagnons pour la soutenir. Il était temps de regagner le campement.

Soudain, elle s'immobilisa. Elle distinguait un mouvement furtif, de l'autre côté du ruisseau. Elle en eut la chair de poule.

Elle attendit, aux aguets. L'ombre avança. Non... pas *une* ombre. *Plusieurs* ombres. Qui se déplaçaient en ligne horizontale. Les yeux de Nolita s'accoutumèrent à l'obscurité. Et la jeune fille identifia les ombres. C'étaient des humains, tous armés de lances.

Chapitre dix-neuf

Chasseurs contre dragons

Nolita observa les ombres ramper en silence, puis elle comprit qui étaient ces hommes. C'étaient des chasseurs de dragons.

Une vague d'excitation la parcourut. Si le monstre mourait, elle serait libérée de son joug ! À peine cette pensée lui eut-elle effleuré l'esprit que Nolita eut la nausée. Si le monstre mourait, l'Oracle disparaîtrait. Le Dragon Fantôme lui avait redonné espoir. Pas question de laisser ces hommes anéantir la minuscule parcelle de courage qui ne demandait qu'à grandir. Elle devait les arrêter.

Que faire ? Crier pour donner l'alarme ? Aller chercher de l'aide ? Surtout pas ! Les chasseurs sauraient qu'ils étaient découverts. Nolita devait garder l'avantage de la surprise. Elle devait avertir le monstre par télépathie. Mais comment ? Elle ne lui avait jamais parlé ainsi.

Elle fit taire les battements de son cœur et essaya de se concentrer.

— *Hé ! Le monstre !* appela-t-elle en silence.

Nolita se fit violence pour appeler la créature par son nom :

— *Vulcain !... Tu m'entends ?*

Le dragon répondit sur-le-champ. Il semblait très surpris.

— *Oui, Nolita. Je t'entends distinctement. Tu as une voix télépathique puissante.*

Nolita sourit. Jamais on n'avait parlé d'elle en termes de « puissance ».

— *Tu es en danger. Il y a des chasseurs, près du ruisseau. Et ils se dirigent vers toi.*

— *Des chasseurs de dragons !* s'exclama Vulcain. *Combien sont-ils ?*

— *Au moins une douzaine.*

— *Reste cachée ; je préviens les autres. Nous venons te chercher dès que possible... Tu nous as certainement sauvé la vie, Nolita. Merci.*

La jeune fille eut les larmes aux yeux. Elle avait décelé de la fierté dans la voix de Vulcain. Personne n'avait été fier d'elle depuis une éternité. Autre chose : la voix du dragon ne lui inspirait plus de dégoût. Nolita n'avait pas besoin de se laver les mains. Pour la première fois de sa vie, elle se sentait libre.

Husam avançait en rampant, la lance brandie. À sa droite, la silhouette massive de Tembo le rassurait.

Le géant l'avait toujours rassuré. Husam avait attendu ce moment avec impatience, mais à présent, il avait un mauvais pressentiment.

Les chasseurs avaient mis trois semaines pour atteindre la vallée. Trois semaines ! Le voyage aurait dû en durer six. Kasau avait poussé les chevaux et harcelé ses hommes jusqu'à l'épuisement. Son obsession s'était muée en folie. Plusieurs chasseurs avaient abandonné en chemin. Le rythme était trop soutenu. Kasau les avait regardés s'en aller sans un mot. Et le groupe était reparti. Au triple galop. Il avait traversé la Fiquare du sud au nord, la mer Scapienne, et une bonne partie de l'Orupée. Le voyage en bateau avait duré deux jours. Un bref répit. Le reste du temps, Husam n'avait dormi que deux à trois heures par nuit. L'adrénaline le maintenait éveillé. La chasse arrivait à son terme. Il avait tous les sens en alerte. Il espérait que son corps ne le trahirait pas au dernier moment.

Comment Kasau avait-il su que le dragon de l'aube s'était réfugié ici ? Mystère. Le chasseur aux yeux vairons avait un sixième sens, concernant les dragons. S'il affirmait que leur proie se cachait en Orupée, il fallait le croire.

Tout à coup, Husam entendit un battement d'ailes. Le cœur battant, le chasseur leva les yeux et aperçut un dragon dans le ciel. Leur proie avait-elle détecté leur présence ? Avaient-ils fait tout ce chemin pour rien ? Husam plissa les paupières et eut un sourire de triomphe. Juste devant lui se dessinaient les contours d'un deuxième dragon.

Le chasseur se tourna vers l'homme à sa gauche. À la lueur des trois lunes et des étoiles, il le vit faire de grands gestes.

« Cible droit devant, signifiaient-ils. On continue. »

Ainsi, la créature au sol était le dragon de l'aube. Quelle aubaine ! Le dragon du crépuscule s'était enfui. Tant pis. Il leur restait l'autre. Le doré. Le plus important.

Mais d'abord, ils allaient devoir traverser le ruisseau. Ni large ni profond, il avait des berges très escarpées, avec un dénivelé d'au moins un mètre quatre-vingts. Husam se laissa glisser dans le cours d'eau, qu'il traversa sans éclaboussures. Tembo fut un peu moins habile. Le géant le franchit d'un bond, mais atterrit dans une flaque de boue. Husam fit la grimace. Si Tembo avait avancé en tête de file, près de Kasau, le chef l'aurait tué sans hésiter.

Husam gravit le raidillon et aperçut leur proie. Il jeta un coup d'œil à gauche. À droite. Parfait. La ligne se reformait en amont du cours d'eau. Les chasseurs étaient prêts.

À genoux dans l'herbe, Husam attendait le signal. À sa gauche, un chasseur leva la main. Husam et Tembo l'imitèrent. Puis le chasseur de gauche abaissa le bras et s'élança sans bruit vers le dragon. Husam partit comme une flèche. Mais d'un coup, tel un abcès trop mûr, les doutes qui l'avaient envahi quelques instants plus tôt se répandirent dans tout son corps.

L'instant d'après, un rugissement terrifiant déchira le silence. La silhouette du dragon de l'aube se mit à luire, puis à scintiller. Husam riva les yeux au sol. Il connaissait le pouvoir du dragon : la fois précédente, en Fiquare, les chasseurs qui avaient commis l'imprudence de regarder cette clarté avaient été aveuglés pendant plusieurs jours. Certains n'avaient même pas encore recouvré la vue. Sans ralentir sa course, Husam esquiva sans peine les trous et les bosses de la prairie. Le dragon lui facilitait la tâche, en définitive.

Et ce fut le signal :

— Tireeez ! s'époumona Kasau.

Husam arma son bras, plissa les paupières et, de toutes ses forces, lança son javelot vers le dragon. Au même moment, les autres chasseurs l'imitèrent en poussant des grognements de rage.

Ensuite, il y eut le genre d'accalmie qui précède la tempête. Une pause de trois battements de cœur. Le corps lumineux du dragon parut s'éteindre, et un geyser de flammes embrasa les lances en plein vol. Les hampes en bois furent réduites en cendres. Les pointes en os de dragon tombèrent sur le sol comme une nuée de mouches foudroyées. Seule la lance de Kasau, entièrement taillée dans un fémur de dragon, poursuivit sa trajectoire.

Husam retint son souffle. La main placée en visière au-dessus des yeux, il vit la lance se rapprocher de sa cible. Mais à la dernière seconde, avec une incroyable précision, la créature dévia l'arme d'un coup de queue. Husam en resta pétrifié.

Le dragon doré poussa un rugissement de défi assourdissant et se tourna vers les chasseurs. Derrière lui apparut un second dragon, qui vint se placer à sa hauteur. Il leva la tête et lâcha un mugissement de fureur. Alors Husam comprit qu'il s'était trompé sur toute la ligne. Il avait devant les yeux un dragon du jour. Pas un dragon du crépuscule. Le dragon bleu était fier. Il était fort. Et il était très en colère.

— Par les dieux ! jura Husam.

Voilà qui changeait tout. Les chasseurs pouvaient faire une croix sur leur beau plan d'attaque.

D'ordinaire, on tuait les dragons par surprise. Combattre un dragon furibond relevait déjà du suicide. Combattre *deux* dragons furibonds en pleine possession de leurs moyens, c'était de la folie pure.

À la lueur des écailles du dragon doré, les piquants et les cornes des créatures paraissaient plus grands. Plus acérés. Le dragon bleu ouvrit la gueule et prit une profonde inspiration. Husam entrevit ses énormes crocs d'ivoire briller dans la nuit. Et brusquement, la créature allongea le cou et cracha un immense jet de flammes. Sa tête oscillant de gauche à droite, elle inonda la prairie d'un feu ravageur. Les flammes se reflétèrent dans les yeux des dragons. Ils ressemblaient à des démons.

L'onde de chaleur obligea Husam à rebrousser chemin. À demi asphyxié, il se mit à tousser. D'instinct, il se protégea le visage de ses mains et se jeta à plat ventre. Son dos commença à cuire. Sa peau grésilla. Il poussa un cri de douleur, auquel firent écho une douzaine de hurlements. Une épaisse fumée emplit l'air. Husam crut qu'il allait rôtir sur place. Et soudain, l'incendie s'éteignit. Le chasseur se releva en chancelant. Le dragon du jour se préparait pour une nouvelle attaque.

Husam faillit prendre ses jambes à son cou, puis il aperçut Kasau qui se ruait en avant. Son épée en os de dragon à la main, il traversa la prairie fumante au pas de charge. Les chasseurs qui ne s'étaient pas enfuis l'observèrent, sidérés. Kasau avait perdu la tête !

Derrière Husam, un autre rugissement retentit. Le chasseur se retourna d'un bloc. Il crut que son cœur allait s'arrêter de battre. Le dragon du crépuscule n'était pas parti ! Il attaquait les hommes par la droite !

Par la droite ? Husam ne comprenait pas : il avait vu le dragon s'envoler sur sa gauche. Cela signifiait qu'il y avait une quatrième créature. Les dragons les avaient piégés. Mieux valait battre en retraite et sauver sa peau tant qu'il était encore temps.

— Cours, Tembo, cours ! hurla-t-il en empoignant le bras de son ami.

Le géant ne se fit pas prier.

Husam et Tembo sautèrent dans l'eau au moment où une ombre gigantesque passait au-dessus d'eux. Husam rentra le cou et poussa son ami dans le ruisseau. Un cri plus terrifiant que celui des trois autres dragons fendit l'air. On aurait dit le crissement d'une centaine d'ongles sur un tableau noir. Un son à glacer le sang.

— Par Treer ! Qu'est-ce que c'est que ça ? s'étonna Husam en se retournant à demi.

Une voix féminine s'éleva sur sa droite :

— *Ça*, c'est une femelle. Elle s'appelle Ombre. Et si j'étais toi, je ne la chatouillerais pas.

Husam fit volte-face. La fumée et l'obscurité formaient un écran impénétrable. Calme et profonde, la voix continua :

— J'espère que tu cours vite. Parce que c'est ta seule chance d'en réchapper.

L'ombre gigantesque plongea. Paralysé par la peur, Husam la vit tomber comme une pierre vers la prairie qu'il venait de quitter. L'ombre ne piquait pas au hasard. Elle avait repéré une proie : Kasau.

Le chef des chasseurs avait presque atteint son but lorsqu'il entendit le crissement. Il s'arrêta net. Balaya le pré du regard. Aperçut le dragon gris, qui fondait vers ses hommes. Kasau montra les dents. Les lâches ! Ils ne l'avaient pas suivi ! Il scruta le ciel. Qui avait poussé ce cri ? Sûrement pas le dragon du crépuscule. Kasau l'en savait incapable.

Kasau vit Ombre au dernier moment. Il se jeta à terre ; les énormes griffes le manquèrent d'un cheveu et labourèrent le sol. Kasau se releva d'un mouvement souple et trancha l'air de son épée, qui rencontra le vide. Malgré son envergure et sa peau épaisse, la femelle se méfiait de l'arme en os de dragon. Elle se fendit, la gueule béante, et s'arrêta à quelques centimètres de la lame. Kasau parvint à la tenir en respect pendant plusieurs minutes. Une lueur enfiévrée animait ses yeux vairons. Habité par une folie fanatique, il lança une nouvelle attaque.

Husam et Tembo contemplèrent la scène, cloués sur place par la peur. Kasau obligea Ombre à reculer ; un peu déséquilibré, le dragon de la nuit sauta en arrière et allongea le cou. C'était une ruse. Focalisé sur la tête de la créature, Kasau leva son épée... et ne vit pas le coup de queue arriver. En plein jour, le chasseur l'aurait esquivé sans problème. Seulement, dans la pénombre à peine éclairée par le dragon de l'aube, il l'encaissa en plein dans les côtes.

Kasau crut qu'un arbre lui était tombé dessus. Il fut projeté sur le côté ; son épée lui échappa des mains. Il roula à terre, le flanc déchiré par une douleur atroce. Il sentit des griffes se planter dans sa cuisse et dans son ventre. Un voile rouge s'abattit devant ses yeux. Il empoigna les serres et tenta de les arracher. Peine perdue. Kasau était rivé au sol. Dans ses mains, les griffes étaient lisses et polies. Elles lui rappelèrent les piliers de marbre du temple de Méro, où il avait grandi. Elles étaient tout aussi massives. Tout aussi lourdes. Il sentit ses forces l'abandonner. Il baignait dans une mare de sang. Il inspira l'odeur musquée du dragon noir, mêlée à celle de la fumée. Et puis l'haleine puissante, qui empestait la viande, lorsque les mâchoires d'Ombre descendirent vers lui. Dans un geste désespéré, Kasau dégaina son couteau. Le dragon bondit avec la vivacité d'un lynx. Et les mâchoires se refermèrent sur le corps du chef des chasseurs.

À nouveau, la voix posée de la fille s'éleva dans la nuit :

— Tu veux que je traduise ? Ombre a dit : « Miam ! Croustillant à souhait ! » Elle en a terminé avec le hors-d'œuvre. Maintenant, elle voudrait le plat de résistance.

Husam comprit au quart de tour. Il se retourna, mais un poids immense vint le percuter dans le dos. Il fit un vol plané dans les airs et atterrit lourdement sur le sol.

Tembo se précipita à son secours.

— Rien de cassé ? s'enquit le géant.

— Je ne crois pas, haleta Husam.

Son dos le brûlait encore un peu. Il sentait une odeur de roussi, qui provenait de ses cheveux, mais il n'avait pas mal.

— Filons d'ici, souffla-t-il. Je savais que c'était une mauvaise idée.

Husam arrivait à peine à respirer. Son cœur battait trop vite. Tandis que Tembo l'aidait à se relever, des sons et des images bizarres lui emplirent la tête.

— Tu entends ces clochettes, Tembo ? souffla-t-il.

Le géant ne répondit pas. Il entraîna son ami dans la vallée au pas de course.

Le lendemain matin, Tembo ravivait le feu de camp dans la lueur brumeuse de l'aube. Heureux d'avoir échappé à la mort, il regarda Husam. Un frisson glacé le parcourut. Les yeux d'Husam n'étaient plus les mêmes. Le droit, toujours d'un bleu azur, le fixait intensément. Mais l'iris gauche était plus sombre. Carrément violet. Et une flamme diabolique y dansait.

Chapitre vingt

La traversée

Au petit matin, la prairie ressemblait à un champ de ruines. Partout, des parcelles d'herbe noircie. Partout, des fragments d'armes brisées. Élias retournait l'épée en os de dragon entre ses doigts. Elle était identique en tout point à celle de Kasau, le chasseur de dragons de Fiquare. Impossible ! Comment cet homme les avait-il rejoints ?

— *J'ai un aveu à te faire*, intervint Auri.

Le dragon de l'aube semblait embarrassé. D'habitude, Aurore parlait d'un ton hautain. Élias, surpris, plongea son regard dans les yeux ambrés de sa monture.

— *Nous ne sommes pas à la bonne époque*, avoua Auri.

— *Tu peux préciser ?*

Élias perçut une hésitation. Auri était... inquiète.

— *Les chasseurs de la nuit dernière étaient les mêmes que ceux qui nous ont attaqués en Fiquare.*

Abasourdi, Élias s'exprima à voix haute :

— Tu plaisantes ? Ils n'ont pas pu couvrir une telle distance en si peu de temps !

— *Justement... Le temps a son importance*, répliqua Auri. *J'en ai parlé avec Ombre, qui a confirmé mes soupçons. J'ai commis une erreur en créant la dernière brèche.*

— Quel genre d'erreur ?

— *Le temps n'est pas linéaire. Il n'est pas le même dans notre monde et dans celui qui s'étend de l'autre côté de la brèche.*

— Je ne comprends pas.

— *Quand je franchis le seuil de Treer, je me laisse guider par mes sens draconiques. Lorsque je reviens, c'est en général le lendemain. La création de la dernière brèche a exigé une concentration extrême. Je me suis focalisée sur le lieu – l'Orupée – mais pas sur le temps. Nous avons passé trois semaines en France. Mes sens draconiques m'ont donné l'impression d'y vivre seulement un jour.*

Élias sentit son cœur se serrer.

— Trois semaines ! Mais alors... Combien de temps avant l'échéance ?... Avant la lune de la moisson ?...

— *Un peu plus de six semaines*, affirma Auri.

Une grosse boule se forma dans la gorge d'Élias. Quatre orbes à trouver en six semaines. Mission impossible. Puis il eut une idée :

— Et si tu remontais le temps ? Si tu rouvrais une brèche qui nous ramènerait trois semaines en arrière ?

— *C'est infaisable. On peut voyager dans le futur, pas*

dans le passé. Une fois qu'ils ont eu lieu, les événements disparaissent de l'espace-temps.

— Alors il ne te reste plus qu'à te fier à tes sens draconiques, conclut Élias. Chaque minute compte.

— *Tu as raison. En route ! L'enclave des dragons du jour se trouve sur la côte nord-ouest de la Fiquare. Inutile de te dire pourquoi je ne peux pas ouvrir de brèche pour nous y rendre...*

En effet. Élias ressentait encore la fatigue mentale de son dragon. Même si Auri l'avait proposé, il aurait refusé qu'elle tente de créer un nouveau passage. De plus, l'autre monde, le monde qui servait de sas – la Terre –, était un endroit trop dangereux.

Lorsque Élias rejoignit le campement, une belle surprise l'attendait. Nolita était fin prête. Une lueur résolue brillait dans ses yeux. Avait-elle enfin accepté son destin ?

Les quatre jeunes gens éteignirent les restes de l'incendie, mais ne détruisirent pas l'abri. Lorsqu'ils auraient trouvé les orbes (en supposant qu'ils les trouvent), ils feraient halte à cet endroit. Leur but, à partir de maintenant, était de gagner du temps.

Nolita fit quelques pas vers Vulcain. Sa victoire de la veille lui avait redonné confiance. Elle allait mener sa quête en voyageant à dos de dragon ; alors pourquoi pas sur le sien ? Mais au dernier moment, la même force invisible la repoussa. Son estomac protesta. Et la peur revint, aussi tenace qu'un parasite. Les larmes aux yeux, Nolita renonça.

Vulcain s'assit et l'observa en silence. Il n'y avait rien à faire. Il fallait que Nolita dompte ses craintes. Seule.

Quand Élias l'aida à grimper sur le dos d'Auri, il remarqua que la peur avait repris possession de la jeune fille. Elle se tapissait dans chaque muscle de son corps, chaque pli de son visage. Les mâchoires verrouillées, le teint blafard, Nolita était au bord de la nausée. Elle enfourcha pourtant la selle sans protester. C'était un net progrès.

Poll n'avait pas changé d'avis : il partirait seul à la recherche de l'orbe de la nuit. Ombre décolla et prit la direction de l'est. Le jeune homme agita le bras, et le dragon noir s'élança par-dessus les montagnes. Destination : l'Iséa, la patrie des dragons de la nuit.

Kira poussa un soupir résigné et ordonna à Sabre de s'envoler. Élias s'empara de l'épée en os de dragon : elle remplacerait celle que les chasseurs lui avaient volée. Comme Ombre avait mangé le fourreau, il dut improviser : il l'attacha dans son dos avec un bout de corde.

La voix d'Aurore retentit dans son esprit. Le dragon n'approuvait pas du tout :

— *Tu n'as pas intérêt à m'enfoncer ce truc dans les reins.*

Élias rit.

— Sois tranquille ! Prête pour le décollage, Nolita ?

Évidemment que non. Nolita aurait donné n'importe quoi pour rester sur la terre ferme. Élias ressentit le frisson d'excitation, désormais familier, qui précédait l'envol. Il regarda avec bonheur le sol s'éloigner à toute vitesse. Nolita se raidit, mais ne proféra pas un son. Élias en éprouva un curieux sentiment de fierté. La veille, en surmontant sa phobie, Nolita leur avait sauvé la vie. Il lui fallait une sacrée dose de courage pour braver sa répulsion.

Du courage, et du sang-froid. Quand Auri avait raconté à Élias comment Nolita avait mis deux chasseurs en déroute, le jeune homme avait ri de bon cœur. Il avait particulièrement aimé l'expression « croustillant à souhait »... Lorsque Élias avait rapporté les événements, Poll avait fait la sourde oreille. Mais Poll n'entendait que ce qu'il voulait entendre.

La brume matinale s'évaporait doucement. Au-dessus, le ciel était d'un bleu éclatant. Les montagnes enneigées se dressaient sur le fond sans nuages. Le vent était tombé dans la nuit. « Une chance pour Nolita », se dit Élias. Aujourd'hui, l'air était frais, pur et doux. L'idéal pour une balade à dos de dragon.

Dent-de-Sabre, Aurore et Vulcain bifurquèrent vers le sud-ouest et survolèrent les plaines qui s'étendaient entre les montagnes et la mer. L'enclave des dragons du jour se situait dans un large réseau de grottes qui s'ouvraient dans le flanc d'un volcan éteint depuis plusieurs siècles. Peu d'humains s'installaient au pied des volcans , les dragons chassaient donc à loisir, sans craindre de dévorer par erreur une vache ou un veau.

Le voyage durerait cinq jours. Le matin, les dragons volèrent à mille mètres du sol. À cette altitude, le froid était supportable. Quand le soleil fut à son zénith, les dragons prirent de la hauteur. En dépit du vol fluide et de la température agréable, Nolita ne parvint pas à se détendre.

À midi, ils décidèrent d'atterrir pour déjeuner. En contrebas, la campagne ressemblait à un patchwork multicolore. Par endroits, on apercevait de grands carrés de terre cultivés. Ils contrastaient avec les forêts, les pâturages et les marécages environnants. Les dragons se posèrent à l'orée d'un petit bois, sur un pré verdoyant. Nolita mit pied à terre sans piper mot. Elle s'éloigna d'un pas vif, attrapa sa gourde et se lava les mains avec raideur.

Élias ramassa du bois pour le feu, pendant que Kira préparait à manger. À présent, l'équipe était rodée : en quelques minutes, le feu crépitait et le mouton dépecé la veille rissolait dans la poêle.

Élias et Kira dévorèrent la viande à belles dents. Nolita chipota. Malgré le soleil radieux, elle avait le teint grisâtre. Le regard dans le vague, elle s'exprimait par monosyllabes. Élias et Kira discutèrent avec ardeur. Les sujets ne manquaient pas : l'énigme de l'Oracle, l'attaque des chasseurs, le sale caractère de Poll... Nolita remonta en selle sans faire d'histoires. La peur était toujours là, mais elle la maîtrisait.

L'après-midi, le trajet se déroula sans accroc. Le soleil se couchait presque lorsque les trois cavaliers arrivèrent en vue de la mer Scapienne. Auri décréta qu'il fallait atterrir pour la nuit. Élias en fut ravi : il avait les reins en compote.

Le cauchemar de Nolita prit fin au moment où Aurore amorça la descente. Durant toute la traversée, elle avait employé une technique imparable : fixer l'arrière du crâne d'Auri. Et surtout, ne pas regarder en bas. Par bonheur, Élias avait gardé ses bras autour de sa taille tout du long. Sans quoi, Nolita aurait basculé dans le vide.

Les dragons se posèrent sur la plage, près d'un village. Dès que les cavaliers eurent glissé à terre, Vulcain, Aurore et Sabre plongèrent dans la mer. Les enfants du hameau se précipitèrent pour profiter du spectacle. Ce n'était pas tous les jours qu'on voyait trois énormes dragons s'ébattre dans l'eau. Tels des dauphins géants, les créatures bondissaient hors des vagues et retombaient en soulevant d'immenses gerbes. Trempés jusqu'aux os, les enfants riaient aux éclats.

Élias observa Auri, mi-surpris, mi-réjoui. Le dragon de l'aube, si arrogant, si majestueux, savait s'amuser, en fin de compte. Auri batifolait comme une enfant. Cela la rendait plus... humaine.

Nolita, quant à elle, refusa d'assister à la scène. Les bruits d'éclaboussures lui suffisaient. Les jambes flageolantes, elle traversa la plage et se dirigea vers le village. Se laver les mains. Vite. Pas dans l'océan : il y avait les dragons.

Les villageois l'accueillirent avec chaleur. Nolita put procéder à son rituel en toute sérénité. On offrit aux trois cavaliers le gîte et le couvert. En contrepartie, les villageois leur demandèrent de raconter leurs aventures. Élias et Kira n'eurent pas besoin d'en inventer. Les récents événements avaient été riches en émotions. Nolita préféra garder le silence.

Le lendemain, tous les habitants se massèrent sur la plage pour leur dire au revoir. Après cette nuit réparatrice, Nolita se sentait revigorée. Elle osa même agiter la main en signe d'adieu. La journée s'annonçait belle et claire. Les dragons s'envolèrent vers le sud-ouest, droit vers le large. Aucun incident ne vint perturber la traversée de la mer. Ils survolèrent le grand désert nord-fiquarien en deux jours, en longeant la limite ouest. Même les dragons n'osaient pas s'aventurer au cœur de cette étendue aride. Les créatures les plus hostiles de Treer y régnaient en maîtres.

À l'aube du cinquième jour, les cavaliers ne tenaient plus en place. Ce soir, ils seraient arrivés à destination. Ils partagèrent un petit déjeuner frugal. Nolita éprouvait un sentiment mitigé : nervosité, tension, excitation. Finalement, elle avait hâte de découvrir l'enclave des dragons bleus.

Les dragons repartirent dès le point du jour. Au bout d'une heure, quelques nuages apparurent. D'abord isolés, ils ne tardèrent pas former d'immenses colonnes cotonneuses. On eût dit de gigantesques champignons blancs.

Au fil des heures, les nuages continuèrent de s'amonceler. Un orage se préparait. Quand le ciel devint gris, les dragons durent zigzaguer entre les masses de nuages. De temps à autre, on entendait le tonnerre rouler. Nolita s'aperçut que l'orage la terrifiait. Une phobie de plus à ajouter à sa liste. Elle voulut demander à Élias ce qui se passerait si un éclair les foudroyait en plein vol, mais le jeune homme n'avait pas l'air très rassuré, lui non plus.

Les deux heures qui suivirent menèrent Nolita au bord de la folie. Seul un fil invisible l'empêchait d'y basculer. Ce n'était plus de la peur, qu'elle éprouvait, mais de l'épouvante. Une terreur froide qui la broyait entre ses crocs de fer.

Le voyage prit des allures irréelles. Tantôt les dragons traversaient des zones calmes, tantôt ils étaient ballottés comme des fétus de paille par des vents contraires. Par prudence, ils songèrent un instant à atterrir, mais le temps leur était compté. Il fallait trouver l'orbe du jour sans plus attendre.

Enfin, Vulcain prit la tête.

— Nous sommes bientôt arrivés, cria Élias pour couvrir le sifflement de la bise.

Nolita sursauta. Elle ouvrit la bouche, mais aucun son n'en sortit.

Les dragons descendirent de quelques pieds. Les nuages se clairsemaient. Nolita reprit espoir : était-ce la fin du cauchemar ? Puis le dragon bleu s'engouffra entre deux épaisses couches de nuages. Nolita crut plonger dans un lac d'encre. En réalité, Vulcain venait de crever un nuage de pluie.

L'averse les inonda brutalement, une pluie aussi piquante que des milliers de dards de guêpes. Nolita voulut crier de douleur ; elle ne put que fermer la bouche et retenir sa respiration pour empêcher les gouttes de lui meurtrir les lèvres. Elle se sentit glisser. Le vent obligeait Auri à louvoyer entre les courants aériens. Pour ne pas céder à la panique, Nolita planta ses doigts trempés dans le pommeau de la selle.

Le rideau de pluie était si dense qu'on n'y voyait pas à dix centimètres. La jeune fille avait l'impression qu'on lui lacérait les yeux. Elle ferma les paupières et se mit à prier. Cette fois, c'en était fini. Ils allaient tous s'écraser. Adieu, la quête des quatre orbes. Adieu, la race des dragons.

Soudain, la voix de Vulcain retentit dans son esprit :

— *Tiens bon, Nolita. Nous y sommes presque.*

La jeune fille n'avait jamais été aussi heureuse d'entendre cette voix. En fait, elle espérait que le dragon la rassurerait. Qu'il l'encouragerait. Qu'il lui donnerait la force de surmonter cette épreuve. Et c'était ce qu'il avait fait.

La pluie cessa aussi brusquement qu'elle avait commencé. Peu à peu, les courants aériens se firent moins violents. Nolita entrouvrit les yeux. Son cœur s'emballa. Devant eux se dressaient deux volcans gigantesques, dont le sommet disparaissait dans les nuages.

Vulcain ralentit et se dirigea vers l'entrée d'une caverne qui se découpait dans le flanc de l'un d'eux. L'entrée avait la forme d'une immense balafre. Un peu comme si un géant avait déchiré la montagne d'un violent coup d'épée.

Nolita sentit son estomac se serrer.

Les dragons pénétrèrent dans l'enclave.

Chapitre vingt et un

L'enclave des dragons du jour

— Bienvenue, cavaliers-dragons. Je suis Barnabas, le doyen de l'enclave. Suivez-moi. Vous devez avoir faim. Mon dragon m'apprend que vous venez directement de la caverne de l'Oracle ?

Barnabas était un personnage surprenant. De haute taille et mince, il avait de longs cheveux blancs ramenés en queue-de-cheval, une courte barbe bien taillée et une longue moustache tombante – blanches, elles aussi. Deux yeux d'un bleu étincelant brillaient dans son visage ridé. Il se déplaçait avec l'aisance d'un jeune homme. Dès qu'il vit son regard et son sourire chaleureux, Élias se sentit à l'aise.

— Je vous remercie, fit-il. Je m'appelle Élias, et voici Kira et Nolita. Votre accueil nous honore, mais nous sommes ici pour mener une quête ordonnée par l'Oracle. C'est très urgent.

— La Grande Quête, compléta Barnabas. J'en suis informé. Il y a deux semaines environ, un orbe de cristal est apparu sur le piédestal sacré en haut des Marches du Soleil. J'ai tout de suite compris de quoi il s'agissait. Âprecorne – mon dragon – et moi-même attendons cet instant depuis des années. Pour nous, la prédiction de l'Oracle était claire : *Tu testeras la bravoure du cavalier / De l'orbe de cristal venu s'emparer.* C'est la troisième fois que des cavaliers viennent tenter leur chance. Néanmoins, un détail me perturbe : d'ordinaire, les cavaliers de la Grande Quête sont au nombre de quatre. Qu'est-il arrivé à votre compagnon ?

Élias et Kira échangèrent un regard gêné.

— C'est un cavalier de la nuit, avoua Kira. Il avait peur que sa présence ne crée des troubles au sein de cette enclave.

Barnabas pinça les lèvres :

— Je déplore cet état d'esprit. Malgré les désaccords qui existent entre cavaliers du jour et cavaliers de la nuit, jamais nous n'entraverions la quête d'un cavalier-dragon – quel qu'il soit. Ce serait bafouer nos règles. Où est-il parti ?

— À la recherche de l'orbe noir, dans son enclave, répondit Élias.

— Alors nous devons faire vite, conclut Barnabas d'un air grave. Il ne faut pas que les dirigeants de l'enclave des dragons de la nuit découvrent le but de votre mission. Ce sont eux, la dernière fois, qui ont fait échouer la Grande Quête. Venez. L'épreuve commencera demain midi. En attendant, autant vous restaurer et vous reposer. Les jours à venir risquent d'être difficiles... Qui est le cavalier de Vulcain ?

— Moi, souffla Nolita, pâle comme un linge.

Surpris, Barnabas arqua un sourcil. Il opina de la tête et s'enfonça dans le dédale souterrain.

Les grottes se ressemblaient toutes, mais le vieil homme avançait sans hésiter, comme guidé par des repères invisibles.

— *Tu peux lui faire confiance*, déclara Auri à Élias. *Barnabas est un cavalier-dragon respectable. Les membres de cette enclave feront tout pour que notre quête soit couronnée de succès. Ici, tu n'as rien à craindre.*

— *Ravi de l'apprendre*, répliqua le jeune homme. *Repose-toi, Auri. Si nous rassemblons les quatre orbes, il nous faudra sans doute retraverser une brèche pour rejoindre l'Oracle à temps. Tu dois reprendre des forces.*

— *Je m'inquiète plus pour Nolita que pour moi*, marmonna Aurore. *Notre sort est entre ses mains. Sans l'orbe du jour, notre quête ne rime à rien. Suis bien les conseils de Barnabas. Même les dragons l'appellent « le Sage ».*

Un immense honneur, en effet. Les dragons se considéraient comme des êtres supérieurs. Barnabas méritait certainement qu'on lui témoigne un grand respect. Il dégageait une aura de sagesse incontestable. Pourtant, Élias avait appris à ne pas se fier aux apparences. Nolita en était la preuve vivante.

Le jeune homme se retourna et nota aussitôt l'expression de son amie aux tresses blondes. Elle avait peur. Elle partait battue d'avance. Il lui adressa un sourire encourageant – en vain. La jeune fille s'était murée dans sa frayeur. Élias se détourna. Inutile d'aggraver les choses. Demain, on allait éprouver la bravoure de Nolita. Il lui fallait des alliés – pas des sourires compatissants.

Barnabas et ses hôtes débouchèrent dans une vaste salle souterraine. On avait aligné des tables et dressé le couvert. Déjà, quelques cavaliers-dragons – hommes et femmes – prenaient place. Un gong retentit : c'était l'heure du dîner. Barnabas conduisit Kira, Élias et Nolita un peu à l'écart.

— Ce soir, vous mangez à la table des anciens, annonça Barnabas. Je vous en prie, asseyez-vous où vous voulez.

La seconde d'après, un flot de cavaliers se déversa dans la grande salle. Lorsque tous les sièges furent occupés, Barnabas se leva. Aussitôt, le silence se fit.

— Ô Créateur, sois remercié pour la nourriture que tu nous offres, déclara le vieil homme.

— Nous te rendons grâce, murmurèrent les cavaliers-dragons à l'unisson.

Dès que Barnabas se fut rassis, une cohorte d'hommes et de femmes entra, les bras chargés de plateaux de nourriture fumante. Les conversations reprirent de plus belle, ponctuées de rires et d'éclats de voix joyeux.

Élias avait du mal à contenir son enthousiasme. Il était entouré de dizaines de cavaliers-dragons expérimentés. Mille et une questions lui brûlaient les lèvres.

Comment faire pour entrer dans une enclave ? Pour traverser une zone de turbulences en toute sécurité ? Pour ne pas glisser de la selle quand un dragon prenait un virage trop brusque ? Il n'osait rien demander, de peur de passer pour un ignorant. Il dînait avec l'élite des cavaliers-dragons !

Un coup d'œil à droite lui apprit que Nolita avait choisi de s'asseoir à un bout de la table. La tête baissée, elle poussait sa nourriture de la pointe de la fourchette. Élias eut un pincement au cœur. La jeune fille semblait désespérée.

« Courage, Nolita ! songea-t-il. Plus qu'une étape ! Ce serait dommage de renoncer maintenant ! »

Nolita se sentait comme une île déserte perdue au milieu de l'océan. Elle n'était pas à sa place. Depuis toujours, ses craintes l'avaient isolée des autres, mais aujourd'hui, elle éprouvait un nouveau genre de peur. Pas la peur qui lui nouait les entrailles. Pas celle qui lui donnait des ailes. C'était plus un sentiment d'inquiétude. Même si, par miracle, elle trouvait l'orbe du jour, elle ne se sentirait jamais chez elle parmi ces gens.

Quelqu'un lui effleura le bras. Nolita tressaillit. Sa voisine de table, une femme entre deux âges, lui souriait. Bien carrée dans son fauteuil, elle avait des traits anguleux qui témoignaient d'une vie aventureuse.

— Tout va bien ? s'enquit-elle.

— Oui... merci, répondit Nolita entre ses dents.

— Tu as peur ?

La jeune fille lui lança un regard fulgurant. Comment avait-elle deviné ? Elle observa brièvement Élias et Kira, qui bavardaient sans se soucier d'elle. Lequel des deux l'avait dénoncée ?

— De quoi aurais-je peur ? marmonna Nolita en reportant son attention sur la femme.

— De l'épreuve, asséna sa voisine de table. Je sais qui tu es. Tu es la cavalière de Vulcain. Celle qui va passer l'épreuve de bravoure pour tenter de s'emparer de l'orbe. Je me trompe ?

Nolita secoua la tête.

— Je t'admire, poursuivit la femme. Je n'aimerais pas avoir à affronter mes plus horribles craintes. C'est normal que tu sois intimidée. Tu portes en toi l'ultime espoir des dragons.

— C'est tout ce que vous avez trouvé pour me remonter le moral ? lâcha Nolita avec amertume.

Aussitôt, elle se mordit la lèvre. Cette femme détenait sûrement des informations précieuses sur l'orbe. Il ne fallait pas se la mettre à dos. Contre toute attente, ce fut sa voisine qui s'excusa :

— Je suis navrée ! Ce doit être suffisamment pénible pour toi. J'aurais mieux fait de me taire...

Nolita eut un pâle sourire :

— Ce n'est rien. Savez-vous ce qui m'attend, lors de l'épreuve de demain ? Comment puis-je m'y préparer ?

— Comment se préparer à affronter son pire cauchemar ? répliqua la femme. En s'armant de courage. Et en donnant le meilleur de soi-même. Toute l'enclave sera présente. Je prierai pour que tu réussisses.

— Trop aimable, ironisa Nolita. L'épreuve commencera donc à midi ?

— Tu seras conduite au pied des Marches du Soleil à midi, mais d'abord, tu devras passer en jugement, corrigea la femme. On testera tes peurs, afin que les dragons puissent se préparer

— Qui ça, « on » ? Et pourquoi les dragons doivent-ils se préparer ?

La femme eut l'air embarrassé. Elle en avait trop dit.

— Tu l'apprendras en temps et en heure, éluda-t-elle. Ne t'inquiète pas. Je suis sûre que tu t'en sortiras à merveille.

« Facile à dire, pensa Nolita en retenant une nouvelle pique. Ce n'est pas vous qui allez subir l'épreuve tant redoutée. »

La jeune fille termina son repas en silence. Elle se sentait toujours aussi seule, mais à présent, elle se savait soutenue. Tout se bousculait dans son esprit. À un moment, elle se complaisait dans sa solitude, et l'instant d'après, elle avait l'impression de s'y noyer. D'être une fourmi dans des sables mouvants.

Elle finit par se poser la vraie question : voulait-elle faire partie de ce peuple ? Les cavaliers-dragons passaient leur vie à chevaucher des... créatures. Rien que cette idée lui retournait l'estomac. Pourtant, Nolita ne pouvait se dérober. Son dragon et elle étaient liés jusqu'à la mort. Alors que choisir ? Le suicide ? Non... C'était tellement lâche !

Le dîner lui parut durer une éternité. Juste après le dessert, Barnabas se leva et posa la main sur son épaule.

— Suis-moi, lui ordonna-t-il gentiment.

La jeune fille obéit.

— Attendez-nous ! s'écria une voix derrière elle.

C'était Kira. Elle accourait vers eux, Élias sur ses talons. Le cœur de Nolita bondit dans sa poitrine. Ces deux-là n'abandonnaient-ils donc jamais ?

— Vous n'avez pas le droit de nous accompagner, déclara Barnabas d'une voix ferme. Léto va vous conduire à vos chambres.

— Pourquoi ? insista Élias. Les autres cavaliers seront là, eux ! Nous promettons de ne pas intervenir ! Nous voulons juste encourager notre amie.

— Je regrette. Le protocole est strict. Pour s'emparer de l'orbe, Nolita doit prouver sa bravoure. Telle est sa mission. Si elle réussit, ton tour viendra, jeune cavalier de l'aube. N'ayez crainte : il ne lui sera fait aucun mal. Vous avez ma parole.

— Comment pouvez-vous nous l'assurer ? se récria Kira.

Barnabas lui adressa un regard impassible.

— L'épreuve ne comporte aucun risque physique. Cependant, la sécurité de Nolita dépendra de la nature de ses peurs les plus profondes. L'issue de l'épreuve sera dictée par sa force de volonté.

— Dans ce cas, elle réussira, affirma Élias avec certitude.

Il plongea ses yeux dans ceux de Nolita et ajouta :

— Tu es plus forte que tu ne le penses.

La jeune fille lui répondit par un petit sourire. Elle n'était pas convaincue. Elle avait les jambes molles, les mains moites, la gorge serrée. Où Élias voyait-il de la force en elle ?

Elle regarda ses deux amis lui adresser un dernier signe d'encouragement, puis elle suivit Barnabas dans le labyrinthe de tunnels.

Le jugement fut très bref. Debout dans une grande pièce aux côtés de Barnabas, Nolita observa en tremblant trois dragons bleus la dévisager d'un air menaçant. Elle s'efforça de contrôler ses émotions. Chasser la peur. La répulsion. Inspirer lentement. Elle éprouva un picotement à l'intérieur du crâne. Ce fut gênant, mais pas douloureux. Ces trois dragons sondaient-ils son âme comme le faisait Vulcain ? Non. C'était différent. Avec Vulcain, il y avait un échange. Ces dragons-là fouillaient dans son esprit sans lui permettre d'entendre leurs pensées.

Au bout d'une minute, les créatures se regardèrent. Les fourmillements cessèrent. Barnabas pressa l'épaule de Nolita.

— C’est fini, dit-il.

— Déjà ?

— Les Doyens savent tout ce qu’ils doivent savoir, répondit le vieil homme. À présent, c’est au tour de Vulcain.

Nolita n’en revenait pas :

— Vulcain va être jugé ?

— Tu ne pensais tout de même pas affronter cette épreuve seule ? répliqua Barnabas avec un sourire affable. Tu cherches un orbe draconique. Le cavalier et son dragon doivent le trouver ensemble. Ils doivent prouver leur valeur ensemble. Viens. Je vais te montrer ta chambre. Je sais que tu auras du mal à dormir, mais essaie de te reposer un peu.

Chapitre vingt-deux

L'épreuve de bravoure

Les Marches du Soleil. D'énormes blocs de pierre réguliers, hauts comme plusieurs hommes, au centre d'une vaste salle. Un escalier géant, taillé pour des créatures plus grandes que des dragons, qui débouchait au cœur du volcan. À plusieurs mètres du sol, on apercevait la sortie, et un petit bout de ciel bleu.

Nolita franchit le seuil de la salle peu avant midi, par une entrée latérale. Au même instant, Vulcain pénétra dans la grotte par une autre ouverture, sur la droite. Le dragon bleu se dirigea vers l'escalier. Nolita s'agrippa le ventre : les crampes, désormais familières, étaient revenues.

La voix de Vulcain retentit dans sa tête :

— *Pas de panique. Je connais tes réticences, mais aujourd'hui, essaie de faire comme si je n'étais pas un dragon. Nos compagnons seront si fiers de nous lorsque nous reviendrons avec l'orbe !*

La créature avait confiance. Nolita le sentait. Malgré tout, ses craintes demeurèrent ancrées solidement en elle.

Une plate-forme rocheuse longeait le mur ouest de la caverne. Tous les cavaliers-dragons de l'enclave s'y tenaient, bien en rangs. Nolita tenta de repérer Élias et Nolita, sans succès. À l'opposé, assis sur des gradins, il y avait une armée de dragons du jour. Et au milieu de cette marée bleutée, Aurore et Dent-de-Sabre, l'une couleur d'or, l'autre anthracite. Nolita frissonna de dégoût.

Barnabas les attendait au centre de la pièce. Dragon et cavalière s'avancèrent à pas comptés. À quarante mètres de l'escalier, le vieil homme leva la main. Vulcain et Nolita s'arrêtèrent. Barnabas s'inclina devant la jeune fille, puis devant le dragon. Vulcain plia le cou ; Nolita esquissa une révérence maladroite.

Barnabas prit la parole d'une voix claire et forte :

— Hier soir, le Conseil des Doyens des Dragons s'est réuni pour sonder votre âme. Désormais, les Doyens savent ce que vous redoutez le plus au monde... sur Treer ou ailleurs. Lorsque les rayons du soleil illumineront la première marche, l'épreuve commencera. Les Doyens peupleront votre esprit d'images effrayantes que vous serez seuls à voir. Ces images vous sembleront réelles. Vous devrez les affronter et les vaincre. Alors seulement vous pourrez vous emparer de l'orbe du jour, qui se trouve sur un piédestal, au sommet du volcan voisin, à quelques lieues au sud d'ici. Bonne chance.

Sur un nouveau signe de tête, Barnabas rejoignit les rangs de cavaliers-dragons. Ce ne fut que lorsqu'il prit place parmi eux que Nolita comprit ce qu'il venait de dire. L'orbe était au sommet d'un volcan... D'une montagne où elle ne pourrait se rendre qu'à dos de dragon.

Un bref coup d'œil vers Vulcain lui confirma ses soupçons : la créature était équipée d'une belle selle en cuir. Cette fois, plus d'échappatoire. Nolita allait devoir chevaucher son dragon. Seule.

Elle réprima une nouvelle nausée. Au prochain spasme, Nolita vomirait le peu de nourriture qu'elle avait avalé.

— *Calme-toi*, lui susurra Vulcain. *Le volcan n'est qu'à quelques minutes à vol de dragon. Ce sera terminé avant que tu te rendes compte que nous avons décollé. Et puis... tu as déjà chevauché Aurore, non ? Tu n'es pas novice en la matière...*

Nolita sentit le rouge lui monter aux joues. Soudain, la colère remplaça la peur :

— *Mais si, je suis novice !* s'exclama-t-elle dans sa tête. *Sur Aurore, il y avait Élias ! Sur toi, qui me retiendra si je glisse ? Hein ? Cesse de me raconter des histoires. Même toi, tu n'y crois pas. J'entends tes pensées. Et je ressens tes...*

La jeune fille se tut.

— *Je ressens tes... tes peurs !* reprit-elle, abasourdie. *Explique-moi, Vulcain !*

Plus le temps de discuter. Le soleil venait de pénétrer par le plafond de la caverne. Un long rayon doré se planta telle une lance dans la première marche de l'escalier. On eût dit une colonne de feu ambré, à la fois belle et terrifiante. C'était le signal que l'épreuve avait commencé.

Nolita regarda autour d'elle. Elle s'attendait presque à voir surgir des hordes de monstres de chaque entrée de la grotte. Elle prit une longue inspiration, retint son souffle et attendit. Comme rien ne se passait, elle expira. Sans bruit, de peur que cela ne déclenche un cataclysme.

Et la voix de Vulcain résonna dans sa tête :

— *La vie est parfois ironique, tu sais. Tu as peur des dragons. Moi, j'ai peur de toi... Toi ! Une humaine ! Je ne voulais pas t'avoir comme cavalière. Tout comme le lien qui nous unit nous permet de ressentir les émotions de l'autre, nos peurs se sont imbriquées les unes dans les autres. Elles ont grossi telle une boule de neige dévalant une pente.*

Pour la première fois, Nolita regarda Vulcain dans les yeux. Elle y lut une profonde souffrance. Et elle en était la cause ! La jeune fille en eut le cœur déchiré. La répulsion que lui inspirait le dragon était toujours là, mais un sentiment nouveau les avait rapprochés, elle et lui : la compréhension.

— *Es-tu en train de me dire que tu m'as transmis certaines peurs ?* interrogea-t-elle.

— *C'est possible*, avoua Vulcain.

— *Mais... pourquoi as-tu peur de moi ? Je suis minuscule et tu es gigantesque ! Tu as des pouvoirs !*

Le dragon du jour répondit dans un filet de voix :

— *J'ai peur de te décevoir. J'ai peur que tu me rejettes. J'ai peur que les autres dragons me montrent du doigt en disant : « Regardez ! Voilà Vulcain ! Sa cavalière n'a même pas voulu accepter le lien ! »*

— *C'est faux !* protesta Nolita.

— *Je le sais bien. Tes craintes sont tellement palpables qu'elles me laissent un goût amer dans la bouche. Je les vis à travers toi. Je comprends pourquoi tu refuses de me chevaucher. De me toucher. De me parler. Mais regarde autour de toi : crois-tu que les autres le comprennent ?*

Nolita embrassa du regard les rangs de cavaliers-dragons, puis la foule de dragons bleus. Les créatures l'observaient de leurs grands yeux brillants. La jeune fille frémit. Avec un petit sourire, elle se rendit compte du pas de géant qu'elle avait fait. Une semaine plus tôt, elle s'évanouissait devant un seul dragon. Aujourd'hui, elle pouvait braver le regard de centaines d'entre eux.

— *Ils nous observent*, articula Nolita en pensée. *Mais aue voient-ils ?*

— *Ils voient un dragon et sa cavalière en train d'affronter leurs peurs sans broncher*, présuma Vulcain. *Si tu grimpes sur mon dos et reviens en brandissant l'orbe du jour, nous serons des héros à leurs yeux. Cette épreuve est redoutée de tous. Très peu de cavaliers-dragons auraient le courage de la tenter.*

Incrédule, la jeune fille demanda :

— *Alors c'est tout ? Je dois monter sur ton dos et aller chercher l'orbe ?*

— *En faisant cela, ne seras-tu pas confrontée à tes pires craintes ?* contre-attaqua le dragon.

— *Si*, reconnut Nolita.

Et c'était ce qui l'ennuyait, justement.

— *Et quelle est l'épreuve pour toi, Vulcain ?*

— *Moi, je prends le risque de te voir t'enfuir. Je deviendrais la honte de mes semblables.*

Le dragon s'interrompit pour donner du poids à ses paroles.

— *Je ne vais pas te supplier, Nolita. Si tu dois aller chercher l'orbe en ma compagnie, je veux que ce soit de ton plein gré. Que décides-tu ?*

La jeune fille s'imagina en train d'enfourcher la selle. La nausée s'intensifia. Dans la grotte, on aurait entendu une mouche voler. Nolita ferma les yeux et fit appel à ses souvenirs. L'Oracle. Le courage qu'elle avait éprouvé en sa présence. L'urgence qu'elle avait lue dans ses yeux de fumée. Nolita refusait d'être celle qui tuerait un être aussi bienveillant – le seul être qui lui avait donné de l'espoir. Elle se représenta la joie de ses amis lorsqu'ils la verraient s'envoler. Ils exulteraient. Et elle deviendrait l'héroïne de ses rêves.

Avec application, Nolita inspira par le nez et expira par la bouche. Deux fois. Puis elle fit un pas en avant.

Aussitôt, un grondement sourd ébranla la grotte. Qu'est-ce que c'était ? Un séisme ? Une éruption volcanique ? Devant elle, le sol ondula, se fissura et disparut dans les entrailles de la terre. Le souffle court, Nolita se mit sur un genou pour ne pas tomber. Entre Vulcain et elle, il n'y avait plus qu'un pont de pierre très étroit qui enjambait un gouffre insondable. Si elle voulait rejoindre son dragon, Nolita allait devoir franchir ce pont.

— *Ne regarde pas en bas !* supplia Vulcain.

Trop tard. Nolita se sentit attirée par le vide. Le front baigné de sueur, les muscles tétanisés, elle lutta pour maîtriser sa respiration. L'abîme n'était pas réel. Sinon, les spectateurs auraient réagi. Il y aurait eu des cris. Des mouvements de panique.

— *Regarde-moi !* lui ordonna Vulcain d'une voix posée. *Moi seul. Tout le reste n'est qu'illusion. L'Oracle désire que tu réussisses. Il ne te veut aucun mal, et tu le sais. Concentre-toi. Regarde-moi dans les yeux. Je sais que tu peux y arriver. J'ai confiance en toi.*

La voix était douce et mélodieuse, suave comme une berceuse.

— *Le pont est trop étroit !* s'exclama Nolita. *Si je glisse, j'irai m'écraser au fond du gouffre !*

Mais le gouffre n'avait pas de fond. La passerelle mesurait à peine un mètre de large. Elle semblait faite d'argile. Dès que Nolita y poserait le pied, elle s'effriterait comme une miche de pain.

— *Non*, lui assura Vulcain. *La grotte n'a pas changé. Le sol est en granite. Il n'y a pas plus solide.*

La jeune fille serra les poings. Elle avait les mains glissantes. Vulcain ne mentait pas, mais elle préférait croire ses yeux plutôt que son esprit. Nolita se reprit : puisque l'abîme n'existait pas, autant marcher dans le vide.

— *Surtout pas !* intervint Vulcain avec véhémence. *Les dragons sont capables de créer des illusions proches de la réalité. Ne me quitte pas des yeux, et avance sur le pont.*

— *Je vais essayer*, décida Nolita.

Il fallait bien se lancer. La jeune fille se releva lentement et fixa Vulcain. Vulcain ? Ce dragon n'était pas Vulcain ! Il la regardait d'un air mauvais. Une lueur rouge luisait dans ses yeux. Ses cornes étaient plus longues, ses babines retroussées en un rictus maléfique. Nolita ferma les paupières et secoua la tête. Une nouvelle illusion ! Elle n'allait pas se laisser berner aussi facilement ! Elle rouvrit les yeux et eut une grimace de terreur : Vulcain avait l'air encore plus diabolique.

— Ce dragon n'est pas réel, martela-t-elle à haute voix. Et le gouffre non plus. Je suis forte. Forte...

Elle fit un pas sur le pont de pierre. Puis un autre. La passerelle trembla en grinçant, mais elle tint bon. L'estomac chaviré, Nolita poursuivit sa progression. Le pied droit devant le gauche. Le pied gauche devant le droit. Au milieu du pont, une pierre s'écroula, à un mètre d'elle. La seconde d'après, juste dans son dos, une partie du pont bascula dans l'abîme.

— *Cours, Nolita !* s'écria Vulcain.

Devant la jeune fille, une nouvelle fissure apparut. Galvanisée par la peur, Nolita sauta par-dessus et traversa la seconde moitié de la passerelle à la vitesse de l'éclair, sans se retourner. Elle entendait la roche s'effondrer derrière elle. À l'autre bout du pont, le dragon se leva et ouvrit la gueule toute grande. Nolita s'arrêta net. Le monstre allait la dévorer ! Ne valait-il pas mieux se laisser tomber dans le gouffre ?

— *Continue, Nolita !* l'encouragea Vulcain.

À cet instant, une vague d'amour et de confiance submergea la jeune fille. Par le lien invisible, le dragon lui communiquait ce qu'il ressentait pour elle. Vulcain croyait en elle. Nolita se rappelait sa fierté lorsqu'elle l'avait averti que les chasseurs approchaient. Elle avait envie qu'il la félicite à nouveau. La créature qui se dressait devant elle était horrible. Énorme. Terrifiante. Mais irréelle. C'était l'exact contraire de Vulcain. Nolita se concentra sur le dragon qu'elle connaissait depuis une semaine : un être doux, aimable et pacifique. Et elle s'élança vers lui. Derrière elle, les plaques de roche se détachaient, de plus en plus grandes. Nolita accéléra. Elle bondit dans les airs telle une gazelle et atteignit l'extrémité du pont.

Elle atterrit lourdement, trébucha et roula sur elle-même – droit vers les mâchoires dégoulinantes de bave du dragon. Le cœur pris dans un étau, elle faillit faire demi-tour, mais la créature ne bougea pas. Lentement, Nolita se releva.

— *Bravo !* la félicita Vulcain.

Dans sa tête, la jeune fille l'entendit presque sourire. La voix chaleureuse de son dragon lui mit du baume au cœur. Nolita avait compris l'astuce : se fier à la voix. Oublier les apparences. Dans un semi-brouillard, la cavalière se dirigea vers la patte avant de Vulcain.

« Imagine que tu grimpes sur Aurore, songea-t-elle. Imagine qu'Élias te tient fermement par la taille... »

Elle était résolue. Elle allait y arriver. Puis elle effleura les écailles du dragon.

Elle retira la main, comme si elle s'était brûlée. Elle avait l'impression de toucher son propre corps. De découvrir une partie d'elle-même dont elle ne soupçonnait pas l'existence. C'était une sensation d'intimité à la fois surprenante et dérangeante. Le lien qui l'unissait au dragon lui apparut dans toute son horreur. Nolita faillit s'enfuir ventre à terre. Elle préférait de loin le dégoût que lui inspirait Aurore.

Elle était condamnée. Si elle montait sur ce dragon, il lui faudrait vivre cette expérience chaque jour. C'était au-dessus de ses forces. La mort dans l'âme, elle se détourna.

— *Plus de peur, plus de larmes ; l'orbe t'attend, soumis...*

La jeune fille se figea. Qui avait parlé ? Ce n'était pas la voix de Vulcain, mais celle de... l'Oracle !

À nouveau, le murmure se fit entendre. Là, tout contre son oreille :

— *Plus de peur, plus de larmes ; l'orbe t'attend, soumis...*

Impossible de laisser mourir l'Oracle. Nolita lui avait fait une promesse. Il lui avait donné espoir. La jeune fille répéta le vers clé, mot après mot, encore et encore, tel un mantra. Elle serra les dents, posa les mains sur le flanc de Vulcain et, sans réfléchir, prit appui sur sa patte avant. En quelques secondes, elle avait enfourché la selle et agrippé le pommeau. Les paumes moites et le corps agité de frissons, elle claironna :

— Envole-toi, Vulcain ! L'orbe du jour nous attend !

Le dragon bleu poussa un rugissement de triomphe et s'élança dans les airs. Le bonheur et la fierté qu'il éprouvait affluèrent dans les veines de Nolita. Les deux compagnons grimpèrent le long du pilier de lumière dorée. Dans la grotte, dragons et cavaliers laissèrent exploser leur joie.

Vulcain et Nolita émergèrent dans le cratère du volcan. En contrebas s'étendaient des parcelles de végétation et plusieurs points d'eau. Au centre, un lac peu profond, dont la surface étincelait tel un joyau sous le soleil de midi. Nolita en eut le souffle coupé. Entourée par les murs de roche, elle ne se rendit pas compte que Vulcain prenait de l'altitude. Pas tout de suite.

Quand le dragon sortit du cratère, Nolita repéra immédiatement l'autre volcan. Il se dressait au sud-ouest de sa montagne jumelle. Vulcain joua le jeu : il avait promis que le vol ne durerait qu'une poignée de minutes. Il fila dans les airs à une vitesse vertigineuse.

Au loin, quelques nuages gris s'accrochaient dans le ciel, souvenir de l'orage de la veille. Aujourd'hui, une brise fraîche soufflait. Il n'y avait pas de vents contraires. Pas de turbulences.

Perdue dans l'océan du ciel, Nolita eut l'impression de se noyer. Elle n'avait plus de repère visuel auquel se raccrocher. Sous ses pieds, le volcan s'éloignait beaucoup trop rapidement. Elle ne distinguait même plus les arbres. Juste quelques taches vertes, à peine plus grandes qu'un mouchoir de poche. Elle se cramponna à la selle en faisant crisser ses ongles sur le cuir. Autour d'elle, le paysage commença à tournoyer. Un voile d'ombre passa devant ses yeux.

— Surtout ne pas regarder en bas. Surtout ne pas regarder en bas... haleta-t-elle.

— *Si tu tombes, je te rattraperai*, lui assura Vulcain.

Formidable. Si elle tombait, le dragon lui planterait ses griffes – ou ses crocs – dans le corps.

— Surtout ne pas s'évanouir, reprit Nolita. Courage. Plus que quelques mètres. Le volcan est là. Je le vois. Je le vois !

Elle s'enfonça les ongles dans les paumes et se mordit la langue jusqu'au sang. La douleur la maintenait réveillée. Elle avait l'impression que tous ses organes s'étaient déplacés. Qu'elle avait le cœur dans la gorge, et l'estomac à la place des poumons. Enfin, Vulcain ralentit et descendit en direction du volcan. Vers le sud, Nolita aperçut un éclair.

— Tu as vu ? demanda-t-elle au dragon. C'est l'orbe ?

— *Oui.*

Les narines dilatées, Nolita laissa Vulcain amorcer un virage et se poser avec douceur sur le bord du cratère. Aussitôt, la jeune fille glissa à terre, s'éloigna à pas précipités, s'écroula à quatre pattes et vomit.

— *Ça va aller ?* s'inquiéta Vulcain.

Avec un petit rire hystérique, Nolita s'essuya la bouche du revers de la main et répondit :

— Accorde-moi une minute. Comme tu l'as sûrement compris, je ne serai jamais à l'aise que sur le plancher des vaches.

Chapitre vingt-trois

L'orbe du sang

Nolita n'était pas au mieux de sa forme. Elle avait le vertige, la poitrine oppressée, l'estomac retourné. Les yeux fermés et la tête entre les mains, elle revoyait son épreuve de bravoure comme dans un rêve. Les images se superposaient, se brouillaient, se mélangeaient. Mais il fallait avancer. Elle était si près du but !

Péniblement, elle rouvrit les yeux et se releva. À quelques mètres d'elle, scellé dans un piédestal de métal, l'orbe de cristal scintillait, pas plus gros qu'une pomme. En le traversant, la lumière du soleil passait par toutes les couleurs de l'arc-en-ciel. L'orbe était très beau, mais Nolita était un peu déçue. Elle s'attendait à une énorme boule de cristal étincelant de puissance. Elle tendit la main et la retira aussitôt.

— *Qu'y a-t-il ?* interrogea Vulcain.

— J'ai un mauvais pressentiment, annonça la jeune fille. Je crois que Barnabas ne nous a pas tout dit. J'ai l'impression que l'épreuve n'est pas terminée.

Elle sentit Vulcain sonder le globe de cristal avec son esprit.

— *Je ne détecte rien d'anormal*, affirma le dragon. *Ni piège ni danger. Si tu as peur de porter l'orbe, mets-le dans ma gueule.*

Vulcain posa la tête par terre, ouvrit les mâchoires et tira une langue gigantesque. Nolita tressaillit. À nouveau, elle crut que le dragon allait la manger toute crue. Le voile noir revint devant ses yeux. Elle agrippa le piédestal. Le contact du métal froid la ramena à la réalité. Elle ferma les paupières, inspira et expira. Tout allait bien se passer.

Subitement, Nolita se décida : elle rouvrit les yeux, s'empara de l'orbe du bout des doigts et tourna la paume vers le ciel. Aussitôt, une brûlure atroce lui traversa la main. Nolita poussa un hurlement. Elle voulut reposer le globe de cristal, mais il adhérait à sa chair. Elle sentit sa peau grésiller, comme si elle avait attrapé un morceau de charbon ardent.

— *Repose-le sur son socle !* criait Vulcain dans sa tête.

Nolita aurait bien voulu ! Horrifiée, elle vit des gouttelettes de sang perler au bout de ses doigts et se rassembler *à l'intérieur* de l'orbe ! Les gouttelettes devinrent un flot intarissable. Le globe la vidait de son sang.

La jeune fille céda à la panique. Sans cesser de hurler, elle recula en titubant La boule de cristal continuait de se remplir. Elle agrippa son poignet droit et le secoua de toutes ses forces. Il fallait se débarrasser de cet objet vampire ! Tant pis si l'orbe se brisait. La douleur et la terreur étaient telles que Nolita se moquait des conséquences.

— *Donne-le-moi !* ordonna Vulcain, aussi paniqué que sa cavalière.

Pour la première fois depuis qu'elle avait rencontré le dragon, Nolita courut vers lui sans hésiter. La souffrance l'empêchait de réfléchir.

– *Mets l'orbe dans ma gueule*, exigea Vulcain, la langue pendante.

La jeune fille obéit en un éclair. Dès qu'il toucha la langue du dragon, l'orbe se mit à aspirer le sang de la créature. Vulcain sursauta. Sa langue rose se mit à saigner à gros bouillons. Nolita tira sur le globe avec l'énergie du désespoir. Peine perdue. À présent, l'orbe était collé à sa main *et* à la langue de Vulcain. Dans la sphère de cristal, le sang du dragon et celui de sa cavalière se mélangeaient. Lentement, la boule se remplissait d'un liquide grenat.

Elle se remplissait. Se remplissait encore... Et elle... Nolita écarquilla les yeux. Oui. La sphère grossissait à vue d'œil ! Elle allait enfler comme un ballon, drainer le sang de ses victimes jusqu'à la dernière goutte !

Au bord de l'évanouissement, Nolita avait l'impression qu'une aiguille enflammée s'enfonçait dans ses doigts et remontait le long de son bras, jusqu'à son crâne. Jamais elle n'avait éprouvé pareille souffrance.

Et, d'un coup, la douleur se transforma en terreur Désormais, Nolita avait peur d'avoir mal.

— *Tu ne vas pas mourir*, annonça soudain Vulcain dans son esprit. *Pas aujourd'hui, en tout cas.*

En effet. Maintenant que le globe était presque plein, la douleur s'atténuait.

— *Les énigmes deviennent évidentes lorsqu'on a la réponse sous les yeux*, ajouta le dragon.

Vulcain lui ferait son exposé plus tard. Pour l'instant, Nolita n'avait qu'une idée en tête : lâcher l'orbe et retourner voir l'Oracle.

Ce fut l'orbe qui lâcha Nolita, et non l'inverse. La jeune fille ne s'y attendait pas : elle tomba à la renverse et se cogna la tête sur un bloc de granite.

— Aïe ! s'exclama-t-elle en se massant la nuque.

Nolita s'assit et examina sa main droite. Elle était indemne. Pas une cloque. Pas une ampoule. Pas même une petite rougeur. Dans la gueule du dragon, le globe rempli de sang témoignait de l'horreur que Vulcain et elle venaient de vivre.

En se relevant, Nolita revit la scène au ralenti. Elle avait plongé le bras dans la gueule d'un dragon ! Elle, Nolita !

Dans sa tête, le rire de Vulcain retentit.

— *Qui est le plus courageux, à présent ? Ton frère, ta sœur... ou toi ?*

Nolita lâcha un petit rire nerveux qui se termina en croassement. Elle n'avait presque plus peur de Vulcain. Presque.

Tant mieux, parce qu'il allait falloir retourner à l'enclave, pendant qu'elle en avait le courage. Son corps et son esprit avaient subi de rudes épreuves. Nolita craignait que si elle différait son départ, toutes ses peurs ne s'emparent d'elle en même temps.

— En route ! s'exclama-t-elle. Allons profiter de notre heure de gloire. Nous l'avons bien mérité.

Vulcain ferma la gueule.

— Et n'avale pas l'orbe, le prévint Nolita. Je n'irai pas en chercher un autre.

— *Il n'y en a pas d'autre*, rit le dragon en crachant un filet de fumée par les naseaux.

Nolita s'installa sur la selle et leva les yeux. Serait-elle un jour capable de voler sans avoir la peur au ventre ?

— *Prête ?* demanda Vulcain.

La jeune fille choisit de répondre à voix haute :

— Il le faut bien.

Le dragon s'élança du bord du cratère et s'éleva dans les airs à coups d'ailes puissants. En quelques minutes, Nolita serait à l'abri, dans l'enclave des dragons du jour. Le plus grand des deux volcans se dressait devant elle, majestueux, si proche qu'elle arrivait presque à le toucher. Malgré son enthousiasme, Vulcain prit soin de manœuvrer en douceur, pour ménager sa cavalière.

Il se posa au pied des Marches du Soleil avec souplesse. Les parois de la grotte vibraient sous les acclamations. Élias et Kira se précipitèrent à la rencontre des deux héros, suivis de près par une foule de cavaliers-dragons en délire.

— Tu as l'orbe ? interrogea Élias dans un souffle.

— Quelle que soit ta réponse, nous sommes fiers de toi, Nolita, l'interrompit Kira. Tu as surmonté une épreuve extrêmement difficile.

Nolita passa la jambe par-dessus le pommeau de la selle et se laissa glisser sur la patte pliée de Vulcain. Elle sauta à terre et vint se camper à côté de ses deux amis. Élias et Kira l'étreignirent tour à tour.

— Oui, avoua la jeune fille avec un sourire radieux. Mais cela n'a pas été sans mal. L'orbe nous a sucé le sang, comme un vampire.

Élias et Kira n'en croyaient pas leurs oreilles.

— Tu as bien dit « nous » ? s'étonna une voix.

C'était Barnabas. Les cavaliers-dragons s'écartèrent avec déférence pour le laisser passer.

— L'orbe nous a pris un peu de sang, jusqu'à ce qu'il soit plein, expliqua Nolita.

— Intéressant... chuchota le vieil homme. Chez les deux cavaliers du jour qui t'ont précédée, aucun n'avait pensé à mettre leur dragon à contribution. Je me demande si...

Nolita n'entendit pas la suite. La voix de Vulcain résonna dans sa tête, claire et forte :

— *Veux-tu que je t'explique l'énigme de l'Oracle ?* Cueille sous la surface ce qui porte la vie, / Traverse un flot de feu pour trouver l'antidote. / Plus de peur, plus de larmes ; l'orbe t'attend, soumis, / En haut de l'escalier du soleil patriote. « *Ce qui porte la vie* », *c'est le sang qui se cache sous la peau. Les dragons savent depuis longtemps que le sang, utilisé à bon escient, peut être l'« antidote » efficace de certains poisons. Nous avons traversé le « flot de feu » – le volcan – et gravi « l'escalier du soleil » – les Marches du Soleil. Tu ne pleures plus, Nolita. Et tu as vaincu ta peur. Tout est clair.*

La jeune fille répéta les paroles de Vulcain à ses amis. À mesure qu'elle commentait la strophe mystérieuse, les cavaliers la dévisagèrent d'abord avec curiosité, puis avec stupeur, et enfin avec respect. Vulcain ouvrit la gueule, révélant l'orbe du jour. Bouche bée, Élias observa Nolita plonger le bras sans hésiter entre les deux rangées de crocs et brandir le globe rempli de sang. La jeune fille éclata de rire. En sentant l'haleine chaude du dragon sur sa main, la peur lui avait à nouveau noué les entrailles. Mais la tête que faisait Élias valait bien une petite frayeur. Pour un peu, elle aurait recommencé.

Barnabas s'avança, lui prit l'orbe des mains et l'examina avec attention. Satisfait, il le lui rendit :

— Tu as triomphé de la première épreuve, cavalière du jour. Il reste à présent trois orbes à retrouver. Le succès de la Grande Quête ne tient qu'à un fil. Si ce fil se rompt, ce sera la fin des dragons... et de leurs cavaliers. Portez cet orbe à l'Oracle le plus rapidement possible. Mais avant, dites-moi quelle est la strophe suivante.

Nolita cita le quatrain de mémoire :

— *Libère l'orbe noir, car la mort, c'est ma vie, / Suis les conseils des preux, mais prends garde à la lame, / Prudence est maître mot – réflexion, bonté d'âme. / Si tu sers la justice, les menteurs seront punis.* Poll croit que les « preux » sont les dirigeants de l'enclave des dragons de la nuit. Qu'en pensez-vous, Barnabas ?

Le vieil homme ferma les yeux et récita les vers en silence. Lorsqu'il rouvrit les paupières, son expression était solennelle.

— Je pense qu'il a tort, siffla-t-il. À mon avis, les « preux » désignent les griffons. Mais avant de partir à leur recherche, il vous faut empêcher votre compagnon, Poll, d'atteindre cette enclave. Par tous les moyens.

— Pourquoi ? interrogea Kira.

— Les dragons de la nuit sont des créatures chaotiques, expliqua le vieil homme. Cela fait des siècles que l'Oracle les tient en son pouvoir. S'ils apprennent que des cavaliers tentent d'accomplir la Grande Quête, ils essaieront de se débarrasser de l'Oracle une bonne fois pour toutes. Ils pourront alors agir à leur guise. Les dragons noirs ont toujours considéré leur quête comme une contrainte. Sans l'Oracle pour les contrôler, ils s'empresseront d'asservir tous les continents de ce monde. Et nul ne pourra leur résister.

— Alors, qu'attendons-nous ? s'impatienta Élias. En route ! La nuit est encore loin. Profitons-en !

Kira approuva de la tête, Nolita pâlit. Remonter en selle ? Déjà ? Elle était épuisée. Émotionnellement et physiquement. Mais comme disait sa mère : « Il faut battre le fer quand il est chaud. » Elle devait partir tant qu'elle en avait le courage.

Barnabas les informa que leurs bagages étaient prêts, puis il se tourna vers Nolita :

— Vulcain et toi êtes dignes d'appartenir à l'enclave des dragons du jour. Vous y serez toujours les bienvenus. Nos prières vous accompagnent. Bonne chance !

Les trois cavaliers jetèrent leur sac sur leurs épaules et montèrent en selle. Élias regarda Nolita : elle paraissait toujours aussi terrifiée, mais elle était là, sur le dos de son dragon. Elle avait dompté sa peur. À présent, c'était une cavalière-dragon à part entière.

— J'en connais un qui va être surpris, marmonna le jeune homme en pensant à Poll.

D'un geste, il salua la foule de cavaliers, et Aurore s'élança dans le ciel, suivie par Dent-de-Sabre.

Avec un rugissement glorieux, Vulcain s'envola à son tour.

Sur son dos, Nolita souriait.

Remerciements

Merci à April, dont le pseudo a inspiré ce roman. Et à Brian, ce vieux dragon sage...

Merci à mon équipe de « djeunes » – Connor McLean, Esther Taylor et Janine Brierley : vous m'avez montré la « voix », car ainsi parlent les ados.

Un grand merci à M. Peter Murton du Musée impérial de la guerre de Duxford, pour m'avoir consacré tant de temps et transmis son savoir.

Merci à l'Association nationale des phobiques. Grâce à elle, j'ai enfin percé le secret des peurs irrationnelles et des troubles obsessionnels compulsifs.

Merci au salon de thé Bishop de Daventry. Votre thé et vos délicieux sablés au caramel ont été pour moi chaque matin une source d'inspiration intarissable.

Merci enfin à Lynne et à son équipe du Farm Public House de Middlemore, pour m'avoir réservé la table 7 chaque après-midi. J'en ai écrit, des pages, dans ce pub...

Ouvrage composé par
PCA - 44400 REZÉ

Cet ouvrage a été imprimé en France par

CPI
BUSSIÈRE

à Saint-Amand-Montrond (Cher)
en février 2013

N° d'impression : 124920.
Dépôt légal : août 2009.
Suite du premier tirage : mars 2013.

FSC
www.fsc.org
MIXTE
Papier issu de
sources responsables
FSC® C003309

Pocket Jeunesse, une marque d'Univers Poche,
est un éditeur qui s'engage pour
la préservation de son environnement
et qui utilise du papier fabriqué à partir
de bois provenant de forêts gérées
de manière responsable.

PKJ • www.pocketjeunesse.fr
POCKET JEUNESSE

12, avenue d'Italie – 75627 PARIS Cedex 13